T0157121

THE TIN BOY

Tale of a Scottish Football Misfit

Brandon Wilkinson

iUniverse, Inc.
Bloomington

THE TIN BOY
TALE OF A SCOTTISH FOOTBALL MISFIT

Copyright © 2013 Brandon Wilkinson.

All rights reserved. No part of this book may be used or reproduced by any means, graphic, electronic, or mechanical, including photocopying, recording, taping or by any information storage retrieval system without the written permission of the publisher except in the case of brief quotations embodied in critical articles and reviews.

This is a work of fiction. All of the characters, names, incidents, organizations, and dialogue in this novel are either the products of the author's imagination or are used fictitiously.

iUniverse books may be ordered through booksellers or by contacting:

iUniverse
1663 Liberty Drive
Bloomington, IN 47403
www.iuniverse.com
1-800-Authors (1-800-288-4677)

Because of the dynamic nature of the Internet, any web addresses or links contained in this book may have changed since publication and may no longer be valid. The views expressed in this work are solely those of the author and do not necessarily reflect the views of the publisher, and the publisher hereby disclaims any responsibility for them.

Any people depicted in stock imagery provided by Thinkstock are models, and such images are being used for illustrative purposes only.

Certain stock imagery © Thinkstock.

ISBN: 978-1-4759-8436-1 (sc)
ISBN: 978-1-4759-8438-5 (hc)
ISBN: 978-1-4759-8437-8 (e)

Library of Congress Control Number: 2013906181

Printed in the United States of America.

iUniverse rev. date: 4/9/2013

ACKNOWLEDGEMENTS

T hanks as always to family and friends who have supported me during my writing days. My original draft started to list you all, but after rolling onto a second page I decided against boring the arse off my readers. At the end of the day you know who you are. Cheers as always.

INTRODUCTION

This book is a huge deviation from my usual work, but for some time I've wanted to write one in predominantly Scottish dialect. I'm a massive football supporter also and decided to kill two birds and all that.

Now, I often feel many sports tales are a rehash of something before them, but upon reading John Niven's *The Amateurs*, my opinion was altered on that front, so I decided to create something on the sport I love with all my heart.

During the creative process I happened to stumble upon an article about the double below-knee amputee and South African sprint runner, Oscar Pistorius, and figured if someone with such a disability could compete in regular competition in track and field at the highest level then why not football. The story of The Tin Boy began to develop.

I have a close family member currently serving in Afghanistan. I frequently worry about his safety, reading stories of friendly fire incidents, local soldiers turning on our troops who are helping them, and improvised explosive device (IED) tragedies where life or limb is lost. The latter served as the final piece of the jigsaw for me.

Billy Ferguson, The Tin Boy, was finally born.

This is a work of fiction. All of the characters, names, incidents, organizations, and dialogue are either the product of my imagination or are used ficticiously.

Enjoy folks.

VERNACULAR ASSISTANT

—————◦⟫◆⟪◦—————

Scottish Slang	English Definition
Aboot	About
Aff	Off
Afore	Before
Ah	I
Ahint	Behind
Ain	Own
Alang	Along
Anaw	As well
Aroon	Around
Aw	All
Awready	Already
Ay	Of (ay is pronounced "ay" as in the word "say") Q: "Whit card have yi goat?" A: "The three ay diamonds"
Aye	Yes (pronounced the same as "eye")

Aye right	Rubbish, garbage, shite, not likely. "Ah've goat a twelve inch boaby." "Aye right."
Baith	Both
Baw	Ball
Bawbag	Ballsack, scrotum. "Shut it or ah'll boot yi right in the bawbag." Idiot, someone hopeless or useless. "Mate, don't ask him tae help yi, he's a total bawbag."
Bealin'	Raging. Angry.
Beamer	Embarrassed. Red faced. "Ah nearly died when she pulled up ma kilt n they aw saw ma boaby. Ah took a total beamer."
Bell-End	The end of the penis (almost bell-shaped). Either used to describe part of the penis or as a general insult term. "Ah jist watched that programme Big Brother. Holy shit, is that hoose full ay complete bell-ends."
Belter	Greatness. A beauty (also see teaker) "See the arse oan that Jennifer Lopez, it's an absolute belter."
Bender	Homosexual.
Berries (usually preceded with "the")	Great. Fantastic. Excellent. Top quality (also see "Dug's Baws") "The chicken curry fae there is the berries."
Bin	Trash. Garbage can.
Bing	Slag heap from coal mines (although can be other waste materials).
Bint	Girl. Bitch. Slut. (depends on context).

Blether	Chat. Talk. Someone who won't shut up. "Wow, that mad bint Cheryl is quite the blether."
Boaby	Penis
Bonkers	Nuts. Crazy. "That new nightclub oan the corner ay Main Street is bonkers oan a Saturday night."
Breed	Bread
Breeks	Trousers
Broon	Brown
Bunnet	Cap
Burd	Female "She's a good lookin' burd." Girlfriend "Yi comin' oot the night or yi seein' the burd?"
Burlin'	Spinning. Dizzy. Often a reference to being drunk. "Great night last night but ma heid wis burlin' this mornin' "
Caird	Card
Cannae	Can't
Chuffed tae bits	Delighted
Coatbridge Fish Supper	Bottle of Buckfast (cheap tonic wine particularly popular with the ned community)
Couldnae	Could not
Coupon	Face
Cowp	Tip or fall over
Dae	Do
Daen	Doing
Deid	Dead

Diddies	Breasts
Dobber	Dick (either someone or your actual appendage) "You'll git a boot in the dobber any mair ay yir nonsense." Or "Stop bein' a dobber, she's a nice lassie."
Donkey	Idiot. Fool. Acts like an ass. "He's a total donkey."
Doon	Down
Dour	(Last three letter pronounced "oor" as in "poor") Grim. Sulking. "He never smiles. Always goat a right dour face oan him."
Drap	Drop
Dug	Dog
Dug's Baws	Great. Excellent. Fantastic. Top quality (also see "berries") Q: "How wis yir night wi that burd last night?" A: "It wis the dug's baws."
Efter	After
Efternoon	Afternoon
Fae	From
Fag	Cigarette
Faither	Father. Dad. (pronounced: fay-thir)

Fanny	Vagina
	"She said ah had a small cock? Naw, it wis her that wis the problem. Fanny oan 'er like a ripped oot fireplace"
	Idiot. Dickhead. Prick.
	"Him wi the posh accent n the flashy Porsche. Aye, he's a total fanny."
	Women
	"Yi should come tae this party the night John, everybody says it's gonnae be full ay fanny."
Faw	Fall
	"The daft fanny wis perched high oan the edge ay the branch, lookin' like he could faw aff at any moment."
Feart	(Pronounced "feert"). Scared.
	"Wis ah feart? Too right, ah nearly crapped masel."
Fir	For
Fitba	Football (the game as well as the actual ball itself)
Flair	Floor
Floowers	Flowers
Footer	Mess with. Play about with. Fidget.
Fud	Vagina.
	"If she keeps talkin' tae me like am nothin' she'll be getting' a swift kick in the fud."
	Idiot. Prick.
	"Stay away fae him, he's a pure fud."
Gairden	Garden

Gash	Vagina. Or in referencing something that is not good / terrible. Q: "Did yi see that new film wi Tom Cruise in it?" A: "Aye ah did. It wis total gash."
Git	Get "Git tae fuck."
Goat	Got "She's goat the mooth ay a sailor oan her so she does."
Greet	Cry
Greetin'	Crying
Growler	Vagina. Or can be in reference to an undesirable or ugly woman (depending on context).
Gubbed	Exhausted. Knackered. "Whit a long day at work the day, ah'm totally gubbed." Broken. Q: "Did yi git yir car fixed?" A: "Nah, they couldnae help. Said the auld thing is totally gubbed."
Gutties	Shoes (in particular training shoes or in the United States, "Sneakers")
Ham Shank	Masturbate. It's rhyming slang (Ham Shank = Wank)
Hame	Home
Heid	Head "When ah wisnae lookin' he smacked me right oan the back ay the heid."

Hen	Female (meant in a pleasant way to address a woman, often used by the older generation) "Oh hen, it's great tae see yi again so it is." Often used as a patronising term. "Listen hen, ah should know. Ah've goat mair than a couple ay years experience than you have."
Himsel	Himself
Hunner	Hundred (A Hunner = One Hundred; Hunners = general expression for "lots") Q: "How fast is yir new motor?" A: "No totally sure, but ah've had a hunner oot it so far."
Huvnae	Have not "You've goat a heid the size ay a globe." "Piss aff, naw ah huvnae."
Intae	Into
Jaicket	Jacket. Coat.
Jammy	Lucky "Helen, ah cannae believe you wir the wan tae catch that bouquet, ya jammy bitch."
Jars	Drinks (alcoholic). Q: "Fancy headin' oot fir a few jars the night?" A: "Is the Pope Catholic?"
Jist	Just
Johnny-bag	Condom
Laldy	Giving it your all. To do proudly. "He did a great job at that karaoke last night. Up there givin' it laldy so he wis."
Lassie	Girl. Female.
Ma	My

Mair	More
Manky	Dirty. Filthy.
	"He needs aboot three baths that manky bastard."
	"Ah think yi'll git some sex the night. Ah hear that burd yir meetin' is a right manky slut."
Masel	Myself
Maw	Mum. Mom. Mother.
Mibby	Maybe
Midden	A dirty person (sexually or hygienically)
	"Ah widnae go near her. Ah hear she's a right midden."
	Rubbish pile, cess pit, dung heap.
	Q: "Did yir wife go up tae that party at Senga's last night?"
	A: "Aye, but she said she'll no be back. Said the place wis a filthy midden."
Minge	Vagina.
	"She's a total tart. Minge oan 'er like a yawnin' hippo."
Minger	(Pronounced same as "ringer"). Extremely ugly person. Can also imply someone who is gross in terms of person hygiene.
Mooth	Mouth
Motor	Car
	"That's a nice motor yi've goat. Is it a Saab?"
Muppet	Idiot. Someone not very smart.
Mutt's Nuts	(see: "berries" and "dug's baws")

N (and "n")	And
	"Fish n chips"
	"Go n tell yir sister ah want tae speak tae her."
	"She looked at me standin' there in ma birthday suit n jist started shakin' 'er heid."
Nabbed	Caught. Busted.
Nae bother	No problem
Nane	None
Napper	Head (see "Heid")
Nat King	Sex. Rhyming slang (Nat King Cole = Hole). Getting your "hole" in Scotland means getting laid.
	Q: "Did yi git yir Nat King last night?"
	A: "Naw, she wis oan her period."
Ned	Young hooligan.
	A term for "Non-Educated Delinquent"
Noo	Now
	"Come here right noo."
	"Noo, don't git me wrang, ah could be a muppet anaw noo n again."
Nutmegged	To pass or kick a football between the legs of an opponent.
Oan	On
Ontae	Onto
Ontae plums	No chance. You're not getting anything.
	"Yir waitin' oan the train tae Haymarket? Well yir ontae plums, the last wan left aboot half an hour ago."

Oot	Out
	"Whit time yi goin' oot?"
	"You're stinkin'. Open that windae n let that fart oot."
Ootside	Outside
Oxters	Armpits
Pelters	Abuse
	"When Big Tommy said he liked that Justin Bieber, everybody started givin' him pelters."
Pish	Piss. Urinate. Can also mean nonsense or garbage.
	"Where's the toilet? Ah'm burstin' fir a pish."
	"Yi drank thirty pints last night? Aye right, yir talkin' absolute pish."
Poacket	Pocket
Polis	(Pronounced "Poe-Lis").
	Police
Poof	Homosexual
Rager	Erection
Rasper	Great. Something fantastic.
	Q: "Did yi watch the fight oan the telly last night?"
	A: "Aye. That punch that knocked oot the champ wis a total rasper."
Reekin'	Stinking.
	"Wis that you? That wis reekin'."
	Drunk.
	Q: "Wir you drunk last night?"
	A: "Totally reekin'."
Rid	Red

Roon	Round
	"It wis a roon baw, no like a rugby baw."
	Around
	"She turned roon n gave me a stare that wid've had Mike Tyson pishin' his pants."
Sare	Sore
Scooby	Clue (rhyming slang: Scooby Doo)
	Q: "Who wrote the bible?"
	A: "Ah don't have a scooby."
Scratcher	Bed
Scrubber	Typically in reference to a female, usually meaning of low class and shabby appearance, or that she has a promiscuous nature.
Selt	Sold
Shimmy	In football this means to fake movement in one direction then taking the ball in a different route.
Slebbers	Slobbers. Saliva. Drool.
Snotter	Booger. Bogey.
Sparkled	Drunk
Stonner	Erection
Swally	A drink (alcoholic)
	"Fancy a wee swally?"
	To be out drinking.
	Q: "Wir yi oot oan the swally this efternoon?"
	A: "Naw, savin' masel fir the night."
	Swallow.
	"Ah don't like tequila shots."
	"Don't be a fanny n jist swally it quick."
Tae	To

Tap	Top
	"Wow, took me ages tae climb tae the tap ay that hill."
Teaker	Fantastic. Exceptional. Phenomenal. A beauty.
	"That goal yi scored in the first half wis an absolute teaker."
Telly	Television
Telt	Told
	"He stole yir money? Ah telt yi he wis a wee thievin' bastard."
Thegither	Together
Toaty	Tiny
Toon	Town
Trackie	Tracksuit
Trainers	Training shoes (see "Gutties. "Sneakers" in America)
Trollop	A promiscuous or dirty/untidy female
Up the road	Home
	Q: "Wid yi like another pint?"
	A: "No thanks mate, ah'm gonnae head up the road efter this wan."
Walloper	Penis
	"That Ron Jeremy has some size ay walloper."
	Someone who thinks they are great but are really the opposite.
	"Craig thinks he's hilarious, but let's be honest, he's a total walloper."

Wan	One
	"wan, two, three, four, five."
	"There's a guy over there breakin' intae that hoose. Quick, call nine wan wan." (that was a Scottish guy living in America, like me)
Wank	Masturbate
	"That burd oan the bus wis smokin' hot. First thing ah'll be daen when ah git hame is havin' a wank."
	Also a general insult meaning: dick, prick, asshole, etc.
	"Look at that guy in the pinstripe suit tryin' tae impress they lassies. Whit a total wank."
Wellied	Drunk.
	Can also imply to hit something really hard.
	"Ah totally wellied that baw, but it still didnae have enough oan it tae go over the wall."
Wheesht	Be quiet. Shut up (also see: "zip it")
Whit	What
Wi	With (really pronounced "way")
	"Who yi goin' oot wi the night?"
Wido	Someone who acts wide (inappropriate or uncalled for), typically common for a ned.
	"Did you jist drink half ay ma wine ya wido?"
Wimmin	Women
Windae	Window
Wir	Were
Wis	Was
Wiy	Way
Wrang	Wrong
Yi	You

Yir	Your (or "you are")
Yirsel	Yourself
Zip it	Be quiet. Shut up.
Zoomer	Several potential meanings depending on context. Could be a person who is nuts, crazy, or generally erratic in nature, or just someone a little missing in the head department (one can short of a sixpack).

Note: There may be additional words contained within the story that are not included in the above reference material. An internet search on "Scottish Slang" will help, although what is sketched out in the above table should cover almost everything you'll need. Cheers.

FINAL KICK AY THE BAW

⸺⸻≫◆≪⸻⸺

Govan Stadium, Glasgow Blue Crew n Glasgow Green Machine derby match, nil-nil. There's a minute left oan the clock but it'll probably be five or six; there's been a few casualties n the ref's had his hand in his poacket mair than a pervert wi Parkinson's sittin' stage side at a strip club.

It's ma first appearance fir the "big team" albeit as a late replacement fir Rodrigo Alvarez, oor young South American striker. Ah don't know how he lasted as long oot there. Those green n white bastards had been studdin' the hell oot ay the wee tanned fella's ankles n calves every other minute ay the game. Wankers. Peckin' away at him like a woodpecker oan an oak tree. Fair play tae wee Alvo though, keepin' the heid n gettin' oan wi the job at hand. None ay this divin' pish wi the weeman either like a lot ay these Latin types. Nope. Set ay baws oan him like a couple ay water melons. Fae the dugoot ah could hear the hatred echoin' in the screams ay oor fans every time "they" drapped the wee chap.

"Ya dirty hackin' bastard."

"Fir fuck's sake ref."

"Git that cunt aff."

Ah agreed wi aw ay it, but the weeman just goat up, dusted himself aff, even managin' a smirk tae appear oan his face that only riled them up mair.

Alvo wis a great advert fir the game, n loved the badge oan the front ay oor blue strip as much as he loved his ain wife; a wee Argentinian hottie by the way, skin as smooth as a billiard baw, lips oan 'er that wid've pished themsels laughing at Angelina Jolie's efforts, n ah had nae doubt she shat rose petals intae the bowl at their massive hoose in Bothwell. There wis even a rumor goin' aboot that he'd kissed the club badge mair times than his burd's juicy lips. That's how much he loved Glasgow Blue Crew Football Club.

Resilient the wee fella might've been, but the final tackle fae that bam McCluskey wid've been enough tae drap Brock Lesner the enormous Ultimate Scrappin' gorilla. The gaffer – big Walter Wallace – wis oot the dugout like a greyhound efter a fake rabbit. Ah thought the boss wis gonnae run right ontae the field n lamp the cunt himsel, but he stopped right at the edge ay oor team box beside the sideline, givin' the linesman whit fir. Half the crowd wir goin' mental but the other half wir a bit quiet, worried even. It wis a bad wan, n their wis nae doubt wee Alvo wid be spendin' mair than a few weeks up in the stand; his knee wis gubbed.

The lads in the luminous orange jaickets wir awready halfway across the field in the direction ay the Polisland Road end, stretcher in their hands. The ref had his hands full anaw, but wis gettin' right in aboot things, breakin' up a few scuffles, but he had pointed tae the penalty spot and there wis nae changin' that.

The gaffer finished givin' the linesman an ear bashin' n turned roon, his vision zoomin' like lasers right intae ma eyes, nearly burnin' a hole in ma retinas. He shouts.

"BILLY, TRACKIE AFF, YIR OAN WEEMAN."

Ah nearly asked him fir a few minutes so ah could shake aff the boner he'd jist gave me. Ah'd always dreamed ay gettin' oan the park fir any game never mind a derby match, n ah wis instantly excited. Fortunately ah wisnae too blessed in the troosers department so ah figured naebody wid notice ma rager.

Trackie tap n bottoms wir aff rapido, swifter than a wee virgin gettin' his gear aff efter hearin' the words "fancy yir Nat King."

Ah git tae the edge ay the field right beside the gaffer jist as the boys in orange are carryin' wee Alvo aff. He's awright, hands in the air wi his thumbs stickin' up. The crowd's goin' bonkers.

"THERE'S ONLY WAN RODDY ALVO," begins tae blare aw aroon the stadium.

Ah can tell the wee fella's in agony, but he's tough as a burnt sirloin. He's ma hero in case yi hadnae figured that oot by noo. He even manages tae give me a high-five oan the way by.

"Git intae them Billy Boy," he says. "Nice hard-on by the way."

He might be fae South America, but he's fair taken tae the Scottish lingo.

The gaffer glances doon at the wee bulge in ma shorts n starts shakin' his heid, tryin' tae keep a straight face, stayin' focused oan the task at hand, but ah could see he wanted tae start pishin' himsel.

"Ah'm jist a wee bit excited gaffer. Don't worry, ah'll no let yi doon."

"Yi better no, you're takin' the penalty Billy."

Ah nearly shat masel, n wi the blink ay an eye ma stonner wis away.

"Nae bother gaffer," ah said wi a wee wink.

He winked back, slapped me oan the back n aff ah toddled towards the penalty box.

The ref handed me the baw. Ma hands wir shakin' like a battery hen n ah wis feart ah wis gonnae drap it, but a few deep breaths sorted me oot.

"In through the nose, oot through the mooth," ah kept tellin' masel.

Ah placed the baw doon oan the spot. It sat up nice. Good start weeman. Ah took five steps back, ignorin' aw the shite I could hear comin' oot the mooths ay their manky fans. The big German fella, Helmut (an appropriate name if ever there wis wan) in goals fir they dobbers wis starin' me doon wi his Neanderthal face that wis jist designed fir a job oan the radio.

"Don't even acknowledge him weeman," ah said tae masel.

The ref gave a short peep oan his whistle. The fans ached wi anticipation. Ah hopped forward. Hopped? Whit the fuck? Ma right leg swung like it wis tryin' tae kick a school bully's bawbag intae the tap corner. Ma right leg? Ah'm a leftie. Swing n a miss. There's a massive gasp fae the crowd. Ah faw oan ma arse. Where the fuck's ma leg?

Ah bolt upright. Ah'm sweatin' like a Catholic priest under investigation. Ah'm in ma maw's hoose, in the spare room, no at Govan Stadium. Ah don't play fir the Blue Crew. The bed sheet underneath me is soaked. There's a big sweat ring aroon me that looks like the chalk ootline where a deid body used tae be. It's a weird shape though, missin' a bit. The only realistic part ay the dream wis ma right leg, gone fae jist below the knee. Reality comes floodin' back, n ma previous joy turns tae tears, again.

TOES

Dreams, or should ah say, nightmares, wir almost a daily event. They wirnae always at night either. They'd sneak up oan me at any moment, even noddin' aff oan the bus or somethin'. That happened a few weeks back. Ah'd been at ma physiotherapy session. It'd been a tough wan, knackered me oot. Oan the way hame I must've dozed aff, heid probably bouncing aff the windae as well as the noddin' up n doon. Ah was in another world, back in Afghanistan, right before the incident. As soon as the explosion went aff ah bolted upright, lettin' oot a roar, ma whole body drippin' wi sweat, laughter echoing fae aw the seats ahint me. Ah ignored them, didnae even turn roon. Ah don't sit near the front ay the bus any mair if ah can avoid it. Noo ah git as close tae the back as ah can.

Yi hear ay folks losin' a leg n think tae yirsel, "ah don't think ah could deal wi that." They're right anaw. Ah'm strugglin', n ah don't jist mean in the physical sense. Naw, ah'm strugglin' upstairs, in the nut. It's killin' me. Why me? Ah keep askin' masel that. The next person that says, "mibby it was jist meant tae be," is gonnae git ma prosthetic leg firmly inserted in their arsehole, sideways. If God's plan fir me wis tae have ma leg blown aff while servin' ma country then he's wan sick bastard. That's why ah've given up oan religion. Load ay pish in ma mind noo.

Ah need tae stop feelin' sorry fir masel though, accept that there's nae goin' back n jist git oan wi things. Isabel is really helpin' a lot;

she's ma physiotherapist. She's helped me so much wi the physical side ay things, but she's been an absolute star wi the emotional side anaw. She's goat six toes oan each foot. Showed me. Whipped aff the Reebok trainers n white ankle socks right in front ay me. Ah wondered whit she wis daen. Ah'd jist been complainin' tae her aboot bein' aw self-conscious wi people starin' at me aw the time, n havin' an ex-girlfriend who'd obviously been repulsed wi ma leg. Ah kinda stopped talkin', wondering why she wis takin' aff the socks n shoes, but partly hopin' the rest ay 'er gear wis comin' aff anaw (see, ah'm a total dreamer). Next minute she's sittin' back in a chair in the wee gymnasium, feet in the air wigglin' toes at me. It took me a wee while, coontin' in ma heid. *Wan, two, three, four, five, SIX! Whit the fuck!*

"Holy shite," wis aw ah could say.

"See, you're not the only one who's a little different, Billy," she replied, givin' me a wee smirk n a couple ay raised eyebrows.

"Better tae have twelve toes than eight."

"So, you'd rather have three legs than two?"

"Yi know whit ah mean. Ah'd raither have two *full* legs."

She jist let oot a sigh n shook 'er heid at me.

"The point is this, Billy. Most people have ten toes. I have twelve. Would you have known I had two extra if I hadn't shown you?"

"Of course no."

"OK, so by the time I am done with our sessions here, nobody is going to know you have a prosthetic leg. You might have the very slightest of limps, but it'll be under the leg of your trousers most of the time, like my toes under my shoes and socks. People who don't know you will have no idea about your leg. You'll blend in to society just like everyone else."

Isabel wis great. She made aw the sense in the world. Ah hadnae been wrang aboot ma ex-girlfriend Charlotte though. The cow dumped me right eftir ah goat back fae Afghanistan. Bitch ripped ma heart oot.

THANK YOU TRIP
TAE THE HOSPITAL

Ah hated people tryin' tae help me, especially the wans that knew aboot ma leg. Ma maw wis a different story but. She could dae whitever she wanted tae spoil me. See, ah knew she jist loved me. She wis feelin' sorry fir me like everbody else, but maws are jist different, n that's the end ay it. At twenty-three ah felt ah wis a wee bit auld tae be livin' wi Maw, but ah wisnae ready tae be back oan ma ain. Ah loved the wee touches; extra blanket oan the bed, slippin' a hot water bottle under the sheets afore ah called it a night, n always makin' sure there wis a good stock ay Irn Bru in the fridge – ma hangover cure ay choice. Ah couldnae cook worth a fuck anyway, n she did the finest fried breakfast yi could feast yir eyes oan.

"So physio's aw done, but yir payin' Isabel a wee surprise visit then?" said ma maw, givin' me a wee smile as she flipped over the rashers ay bacon in the fryin' pan.

"Aye, she's done wonders fir me. Ah jist wanted tae say a wee personal thanks. Ah don't think ah said enough at the end ay ma final session."

"That lassie's fantastic. Ah can hardly believe how she's transformed yi," said Maw, almost spacin' oot a wee bit, like she wis reflectin' back tae the beginnin'. Her eyes started fillin' up.

"She's the best. Ah don't know whit ah wid've done withoot 'er. And you of course Maw. Ah mean, ah don't know whit ah wid've done withoot you anaw. N when a say Isabel is the best, ah mean she's the best other than you, of course," ah said, backpeddlin' like fuck.

Maw jist laughed. She knew whit ah meant.

"Wid yi like me tae come wi yi the day?" she said. "Mibby ah could git that Isabel lassie a wee bunch ay floowers."

"Naw, it's OK Maw, ah'll pick 'er up some chocolates n floowers masel afore ah git tae the hospital. Ah appreciate yi wantin' tae give yir regards, but ah really want this tae be a personal thing. Anyway, ah really dae have tae learn tae stand oan ma ain two feet" ah said, givin' her a wink n a cheeky grin.

She laughed oot loud this time. She loved it when ah made jokes, particularly wans that wir tae dae wi the injury, but 'er eyes wir still glassy; she knew it wis still a brave face ah wis puttin' oan, n a mechanism ah used tae combat the depression.

Ah lapped up the remains ay tomato sauce n saft egg yolk wi the corner ay ma pan breed toast, washin' it doon wi a wee swally ay coffee n ah wis done.

"Home run as usual, Maw."

"Anytime son, yi need tae keep yir strength up."

She gathered up ma empty plate fae the kitchen table, dunked it in in the basin ay soapy water, a quick couple ay wipes wi the wet cloth, n ontae the same blue plastic dish rack she'd had since ah wis a wee boy.

Ah goat up slowly n gave 'er a cuddle afore ah headed oot tae the hospital. She wis like a python, squeezin' the life oot me like ah wis a rabbit or somethin'. She wisnae cryin', but ah could still picture her tears bouncin' aff ma shoulders like they had durin' previous embraces.

"Ah'll see yi when ah git back, Maw."

She gave me that resigned nod, knowin' a trip tae the pub fir a few pints oan ma ain wid be oan ma agenda afore ah made it back tae the hoose.

It was a nice mornin', fir early September anyway. The sun wis tryin' tae peek its heid oot fae ahint a big grey cloud shaped like the

continent ay Africa that looked like it wis dyin' tae spill its guts doon
oan everybody, but fir noo it wis behavin' itsel. Ah jist hoped it stayed
that way until ah made it ontae the rid forty-four bus.

Ah limped ma way doon West End drive n hung a right ontae
Bellvue Crescent. There wis barely a limp anymair, ah jist felt it wis
worse than it wis n obvious tae everybody that ah wis hidin' somethin'.
The street was quiet other than a wee auld man in a tartan bunnet
walkin' his little Jack Russell. The dug was starin' me doon, lookin' at
ma face, then doon at ma leg, then back intae ma eyes as it squirted oot
a yellow stream ontae the bottom ay a green lamppost. Ah hated they
wee fuckers n their Napoleon complex. If it could've talked ah'm sure it
wid've made some comment aboot havin' three mair legs than me.

Ah needed tae chill oot a wee bit. Ah wis gettin' angry wi everythin',
wi the world in general. Ah mean, whit wis the point in gettin' mad
at a tiny dug takin' a leak? Efter aw, who wis ah tae be mouthin' aff
aboot a Napoleon complex. That summed me right up n that wis afore
ma accident. Aw five feet seven ay me always tried tae be tough n
compensate. Toughness wis like ma Ferrari for they rich guys wi small
cocks. It had only goat worse when ma *real* handicap had kicked in,
but it wis time tae chill oot noo ah wis a hunner times better than ah
had been.

Ah took the left up the lane towards Cardinal Newman school,
readin' the graffiti oan the fences oan each side, statements aboot who
loved who, various emblems ay the local "B-Hill Boys" gang, n fitba-
related religious bigotry like "FTP," aimed at annoyin' the Catholic
pupils ay the school (ah was surprised naebody had scored it oot
awready).

A group ay rowdy teenagers kicked a baw aboot the ash park. There
wis aboot seven or eight ay them. Wan ay them wis quite the player,
runnin' rings roon aw the others. They wir the wans makin' aw the
noise, no very happy wi their skillful pal.

"Pass it ya wee wank."

"Greedy cunt."

"Smell yir maw," said the last wan that goat nutmegged, holdin' his
middle n index fingers under his nostrils as he now stared at the back

of the fourteen year old version ay Willie Henderson. They clocked me, went quiet real quick, checkin' oot ma leg. They knew who ah wis. Ah felt like the Western villain who'd jist burst through the wooden swing doors ay the saloon, everyone silent n stoppin' whit they wir daen, including the piano player.

"Yi've got some good skills weeman," ah said, fightin' ma inner thoughts tae tell them tae stop lookin' at ma fuckin' leg.

"Thanks Billy," said the wee fella.

Ah thought aboot stoppin' n talkin' fir a bit, but just kept goin'. Ah didnae need any sympathy talk and ah definitely didnae want tae miss ma bus.

A sprinkle ay rain started. Nothing major, jist enough tae be annoyin'. Ah hurried as best ah could, over the railway bridge at the back ay the Busby Sports Centre, then up ontae the main road. Three people wir sheltered in the clear Perspex bus stop so ah knew ah wis still in good time fir the forty-four.

A young couple holdin' hands didnae even acknowledge me as ah got tae the stop, too busy gazin' intae each others eyes, nae doubt wishin' they were auld enough tae own their ain hoose (well, bedroom really). Ah wis sure the young boy wis hopin' the back seat wis gonnae be free so he could slip his young blonde burd a wee sneaky finger or mibby git her tae rub his baws, even if his jeans had tae act as a temporary barrier.

The other person waitin' wis an auld dear wi the bluey purple short permed hair (a member ay the blue rinse brigade as we called it). She wis only aboot five feet tall, and that wis wi the two inch heels oan her tiny brown brogues. She wis a bit hunched over, lookin' like she wis always aboot tae bend doon tae pick somethin' up, had a face like a beige raisin, and had a couple ay hairs sproutin' oot 'er chin like Shaggy fae Scooby Doo. She had four plastic shoppin' bags at her feet, stuffed tae burstin' point wi aw sorts ay stuff: cans ay soup, pan loafs, bog roll, n nae doubt mair hair dye. Ah jist hoped there wis a pair ay tweezers doon the bottom ay wan ay them so she could tug oot the chin fluff when she goat back tae 'er hoose. Ah wid've loved tae have ripped them oot masel as ma eyes were locked in oan them, totally focused, nearly goin' cock-eyed as the hairs flapped aboot in the wind like long grass oan the tap ay a hill.

"It should be here in a few minutes," she said tae me, flashing a nice smile; falsers fir sure.

"Good, ah wis afraid ah wis gonnae miss it," ah said.

"Naw, yir fine. They're always late. Ah hope it's here soon anyway. Ah need tae git back n pit these messages away then git ready fir ma bingo at the community centre this efternoon," she replied, starin' doon the road, but nae sign ay the bus.

Ah never quite knew why auld folks yi didnae know felt the need tae tell yi stuff, especially stuff that should've been obvious yi couldnae give a shite aboot. Ah did want tae ask her why she wis at this bus stop wi bags ay shoppin'. The nearest supermarket wis aboot half a mile away. Ah wis tempted, but didnae feel like startin' a long winded tale, especially if she wis only halfway through it as the bus showed up, then ah wid've felt the need tae sit beside 'er, gradually losin' the will tae live even mair than ah wis wi ma life awready.

"Yi got far tae go?" ah said, dodgin' the subject ay bingo like the plague.

"Jist up tae the gas flats in Tannochside."

Ya dancer ah thought. Tannochside wis only aboot four mile up the road. Even if ah got stuck wi her ah'd only need tae have ma ears burnin' fir ten minutes tops.

Finally a rid blob appeared in the distance. Ah perked up right away. The auld dear couldnae see past the end ay her nose tae know, n the young lovers wir too busy wi their game ay tonsil hockey.

The bus pulled up, its brakes squeakin' as it stopped n the automatic double doors flapped open. The young couple jumped oan, no even givin' a second thought tae the auld dear n her shoppin' bags. She wis gettin' right flustered, tryin' like fuck tae git two bags ontae each hand wi her arthritis-riddled fingers.

"Let me git those fir yi," ah said.

"Yir a gentleman," she replied, relief written aw over her face.

"Nae bother. You jist git yirsel oan the bus n ah'll bring them tae yir seat."

"Thanks again Son."

She slowly pulled herself up ontae the first step, grippin' ontae the silver handrail fir dear life, finally gettin' up tae the driver, flashed her bus pass n aff up the aisle.

Ah grabbed the bags up nae problem but as ah approached the bus steps ah started tae git nervous. Ma heart wis racin'. Ah always goat oan the bus using the handrail, but ma hands wir full. Ah'd never tried it any other way since ma accident n wis worried ma fake leg wis gonnae collapse oan me wi me endin' up landin' oan ma arse back oan the pavement covered in loafs ay breed, cans ay soup, n blue hair dye. Ah took it slow, good leg ontae the first step then lifted the fake wan tae join it. Nae worries, aff tae a good start. Second step. Sound. Third step. Ya beauty.

"Can ah come back n give yi ma fare efter ah drap these bags aff tae the lady?" ah said tae the driver; an auld fella himsel, wee roon face oan him n a grey comb over hairstyle.

"Oan yi go pal. You ride fir free the day. Wan good turn deserves another," he said, givin' me a wink.

"Cheers mate."

He smiled n gave me a nod.

The bus wis packed. Ah moved slowly up the aisle, shoppin' bags in hand, starin' at everybody in the hope ay spottin' the auld dear. Nae luck. Everybody starin' at me, ma paranoia kickin' at me like a Thai boxer trainin' oan a stick ay bamboo. Ah got ma heid thegither, tellin' the wee devil oan ma shoulder tae piss aff n that people stare at folks gettin' oan buses n it had fuck all tae dae wi ma leg. It wis hidden under ma troosers anyway so how wid they know? If there wis a noticeable limp it could jist be a sare ankle or somethin' as far as they knew.

"Ah'm here Son," said a high-pitched voice fae the left side.

Ah looked over, still nothin'. Then a saw a wee heid poke oot intae the walkway. She had tae pick the seat behind the two fellas that looked a cross between rugby n basketball players; two ay them squashed intae the seat, broad shoulders stuck thegither, the wan oan the right wi half his left arse cheek hangin' over the edge ay the seat cushion, n baith their nappers seemin' only a credit card swipe away fae the ceilin'.

"Ah, there yi are," ah said.

"Thanks again Son. Here, sit doon, plenty ay room."

Ah squeezed in next tae 'er, gently nudgin' 'er up beside the manky windae, puttin' the bags in between us. She had a wee grin oan 'er chops like ah'd jist made 'er day or somethin'. Ah stared fir a moment intae 'er wrinkly face. She had kind eyes, sorta bluey green, oozin' sweetness n pleasant thoughts. Ah figured she'd probably been a good looker back in the day, picturin' runnin' a hot iron over 'er cheeks tae straighten' oot the speed bumps, n watchin' 'er hair growin' n flowin' ontae 'er shoulders, the purple glow fadin' tae silky blonde, n the saggy boobs untuckin' their nips fae the tap ay 'er belt line, perkin' up n inflatin' intae a couple ay firm beauties. Aye, ah wis sure she wisnae short ay pecker attention back in the days when Clark Gable wis a fanny magnet.

We sat in an awkward silence fir a minute or so, two strangers figurin' oot whit pointless conversation topic wis worth kickin' aff. She looked oot the windae, squintin' a bit, tryin' tae focus through the speckles ay dirt n grime. Ah looked straight ahead, why ah don't know. Aw ah could see wis the back ay the jaicket ay the big brute in front ay me. Nice coat though, bit big fir me, but definitely a Burberry. It wis aw black but had a hood oan it; the inside decorated wiy the familiar beige, black, and rid tartan pattern.

Ah decided tae break the silence n ask the auld dear if she'd had much luck at the bingo recently. Ah turned n started tae speak, but she wis oot fir the count, her wrinkly cheek squashed up against the dirty windae, blowin' little breaths oot 'er mooth, causin' the wee fluffy hairs oan 'er chin tae flap aboot. Poor wee soul. Mibby she had been walkin' aboot wi the shoppin' bags fir a while n wis totally knackered. There wis nae way ah could let 'er git aff the bus oan 'er ain, so ah decided tae let 'er snooze until we got close tae the gas flats in Tannochside where she said she lived n ah'd help 'er up the road wi the bags n make sure she goat in the hoose awright. Ah wis gonnae be later tae the hospital than ah'd planned, but ma conscience widnae be clear if ah didnae help.

Ah sat quietly, wan eye oan the shoppin' bags, makin' sure they didnae faw aff the seat, n the other oan the auld dear, her heid gently nudgin' aff the glass as the bus went over a couple ay bumps oan the road.

We entered intae the ootskirts ay Viewpark, passin' Capone's bar oan the left, the scene ay many a scrap oan a drunken weekend night. No fights involvin' me mind, naw, mainly between some ay the local Neanderthals n some ay the boys fae either Bothwell or Uddingston who ventured up in a taxi eftir last orders fae pubs like The Royal or Rowantree. Capone's wis open a couple ay hours later cause it had a DJ n a danceflair. Wannabe nightclub really. Good atmosphere at times, but yi really needed eyes oan the back ay yir heid wi aw the wee bams runnin' aboot, buzzed oot their tits oan drink n drugs, jist hopin' somebody looked at them the wrang way.

We passed the Lucky Dragon Chinky takeoot oan the right; a bit manky lookin' oan the ootside, especially wi the winos hangin' aboot the front ay the bevvy shop next door, but their beef wi black bean sauce n prawn crackers wis the mutt's nuts.

Withoot any notice the bus breaks squealed oan, soundin' like a mix between a cat being strangled n a piss poor violin player.

"Jesus Christ," we aw heard the driver say as ma right hand caught the shoppin' bags fae becomin' a grocery free fir aw, then prevented the auld dear's forehead fae sayin' hello tae the big fella's back in front ay her. Ah wisnae quite sure whit had happened, but a quick peek oot the left side windaes as we finally pulled away again suggested that some drunken bum had been blind enough tae put wan step ontae the road while a ten tonne bus wis comin' right at him. Ah wis sure ah wis right as the boy in question, scruffily dressed, matted hair n nae evidence he'd ever owned a razor, staggered back oantae the pavement, eyes fixed oan nothin', randomly flashin' a thumbs up intae the air. He wis wan lucky bastard, but ah doubted he would've felt the hit had it happened, n ah wis even mair certain he widnae remember anythin' ay the incident whenever he made it back tae the land ay the sober.

The jolt had awakened the auld dear, but she knew nothin' aboot whit had occurred as she gazed aboot tryin' tae focus, finally realisin' where she wis n that she'd dozed aff.

"It's been a lang day."

"Ah hear yi, ah'm a wee bit tired masel," ah said, in an attempt tae make her feel a bit younger n less self-conscious.

"Ah didnae sleep too well last night. The young couple upstairs fae me like a drink. Heard them stumblin' in efter midnight, stompin' aboot their flairs like they had bricks fir shoes, him callin' her aw the names under the sun, her slammin' doors n shoutin' back. They're always at it. Ah should've called the polis but they never dae anythin'."

"Ah hate folk like that. Nae consideration, care aboot naebody but themselves."

"Exactly Son. Yir an awfy nice boy. Thanks fir helpin' me wi ma shoppin'. It wis nice tae meet yi. Ma stop's comin' up so ah'd better git oan ma way."

"Ah'll help yi wi yir bags."

"Yir a wee gem."

"Hi Mrs Robertson."

The new voice in the equation took me by surprise. Ah looked aroon tae see a young laddie, mibby sixteen or seventeen, skinny, bit ay acne, n a short dark haircut. He seemed polite.

"Oh hello Craig. This is ma doonstairs neighbour's grandson," she tells me.

"Can ah help yi hame wi yir shoppin'?" said the wee fella. "Ah'm headed up tae see ma granny."

"Brilliant pal, that'll save me gettin' aff the bus. Yir a saint," ah replied.

Ah gathered up the plastic bags, handed them tae the lad, n helped the auld yin oot ontae the aisle. We aw exchanged pleasantries n they headed up the front ay the bus. Ah shifted over right tae the windae, gettin' as comfy as ah could. Ah wis actually a bit tired. The bus plodded its way alang the dual carriageway in the direction ay toon, it's auld decrepit engine coughin' n splutterin' noo n again. As we passed the site where Glasgow Zoo used tae reside ah could feel ma eyelids gettin' right heavy. The rain wis peltin' doon noo n the bare trees blowin' aboot like skeletons in the breeze wirnae exactly helpin' tae perk up ma mood. Wi every revolution ay the bus wheels ah could feel ma lids headin' further south. Fir a second ah thought aboot fightin' it, but sometimes yi need tae know whit battles are jist a lost cause.

The heat wis incredible, air as fresh as the inside ay a sauna right efter water wis lobbed ontae the pipin' hot rocks. Must've been in triple digits, easy, but felt even warmer wi aw ma gear oan. Ma helmet (although an essential piece ay ma kit) wis daen ma nut right in. Ma heid wis sweatin' like a nomad's bawsack; the strap oan it wis the worst, causin' an itch under ma chin bad enough tae make a doze ay the crabs seem like a mild irritation.

Three ay us fae the Scottish 2nd Regiment stood by the side ay the vehicle check point, watchin' intensely over the boys fae the Afghan National Army (ANA) as they stopped a rundoon auld pick-up truck. Ah think it wis originally broon, but it wis hard tae tell original paint fae aw the rust oan it. They ushered two boys in creamy coloured robes n matchin' thin troosers (ah wis told they wir called Perhan Tunbans or somethin' like that. In Scotland they wid've been called 'licence tae git the shite kicked ootae yi', but yi had tae respect cultural differences, jist no ma cuppa tea) oot the front two seats as well as the four younger lads sat in the open cargo area in the back. They started pattin' them doon as they stood still wi their hands oot tae their sides crucifix style; two ay the other ANA lads searchin' underneath as well as the interior ay the manky motor, jist like we'd trained them tae dae.

Their soldiers wir a good bunch ay lads. Ah wisnae sure why that had surprised me but it had. Ah guess ah'd been expectin' cold n indifferent attitudes, but they wir anythin' but, bubbly characters n eager tae learn, jist regular folks like we wir, keen tae make the place safe n take back control ay their country. Communication at times wis a bit ay a pain in the arse, but we managed…maist ay the time.

The place wis a shite hole though; why anybody would genuinely want tae live in such an area wis beyond me. We wir shacked up in an auld stone buildin'; they said this particular patrol base wis formerly the hoose ay a local farmin' family. Noo it wis residence fir oor team ay soldiers, includin' two trained medical staff, n the ANA boys we wir trainin'. Ootside the compound wis surrounded by a twelve foot high wall, each side ay the square structure stretchin' aboot eighty feet in length. It gave the place the feel ay a prison courtyard, but we had plenty ay room fir a wee kick ay a baw or even a bit ay that volleybaw durin' oor doontime. They said the walls could withstand enemy gunfire n even maist rocket launchers (ah had nae inclination whatsoever tae find oot if the latter wis true). Oan two opposin' corners ay the perimeter wir security towers we each took turns keepin' lookoot fae; no very glamorous, but high enough tae catch a bit ay breeze durin' the day (albeit a warm wan) n a welcome relief fae the enclosed space that seemed tae trap the stiflin' heat like a greenhoose.

The only runnin' water came fae a two inch diameter hosepipe situated at the base ay the security tower oan the east side. That wis oor only source n served aw purposes includin' showerin'. Torture mair like; freezin' cold only, n exited the rubber tube wi the force a fireman wid've been used tae. Needless tae say, gettin' washed wis normally a speedy affair. Any clothes fir cleanin' wir lobbed intae buckets n filled wi the same water source, hand scrubbin' them the best yi could, afore hangin' them over a makeshift rope tae dry them in the bakin' sun.

The interior ay the patrol base wisnae any mair luxurious. We wid joke, referrin' tae it as "The Ritz Kandahar," n ma pal Davie had even taken a 36 x 12 inch piece ay wood n engraved the title usin' his blade, n hung it above the entry door; it wis amazin' whit even that little touch ay humour did fir morale.

There wir two main rooms wi a separate smaller area jist aff the larger ay the two that might've been an auld kitchen or somethin' (oor female medic, Stacey, goat that wee room tae hersel). The rest ay us spread oot across the bigger rooms, British n Afghan intermixed, specifically tae avoid any "them vs us" mentality. It wis mattresses oan the flair anaw, n nane ay yir padded numbers either; springs that felt like barbed wire diggin' intae yir back aw night, tossin' n turnin' tae find a spot reasonable enough tae capture some sort ay shuteye. As a result, takin' a turn durin' the night in wan ay the watch towers wis usually a welcome relief.

The first four nights in the new digs wis the worst. It wis only oan the fifth day we finally goat the electricity tae come oan. Total nightmare. Nothin' but matches, lighters, n the occasional torch tae see whit wis goin' oan. The smell wis rank anaw, like a mixture ay homeless auld folk n rodent shit. *There wis nae auldies tae be found, but the place wid crawl wi rats n mice, initially anyway. By the third day ay worryin' aboot a wee minger ay a moose creepin' up trooser legs we managed tae accost two stray cats, takin' them in as pets as well as vermin assassinators. Oor new furry friends boosted spirits mair than yi'd believe; the addition ay the cat piss pong wis a welcome trade aff fir the eradication ay the nuisance pests.*

Day six wis steamin' hot. They aw had been, but this wis absolutely brutal; at least a hunner n ten degrees if no mair, baw soup brewin' in ma underpants. How aw the Afghan fellas went aroon wi the bushy facial hair every day ay the week wis beyond me. Ah jist had a wee bit ay stubble goin' n it wis itchin' like fuck. A full Osama number wid've driven me crazy.

The ANA boys continued their search ay the rusty truck, doin' a right thorough job; inspectin' under the bumpers, poppin' the bonnet and methodically going through the engine, pattin' doon every inch ay the men n boys wearin' the white robes. It wis a pretty routine stop withoot anythin' eventful takin' place. If anythin' had kicked aff, ma pal, Davie fae Sanquhar doon near Dumfries, wis lyin' sniper style aboot thirty yards away, ready tae drap anybody startin' any pish.

The rag heids piled back intae their rust bucket n headed aff tae dae whatever folk did when they goat aff the dirt roads. Davie goat up, dusted himsel aff n walked back tae where we wir stood. The head ay the ANA team, Aamir, joined us anaw.

"Aamir, how the fuck dae yi think that moustache ay yours looks good? Yi look like wan ay they porn stars fae the 80s," said Davie, pishin' himsel laughin'.

Aamir jist stood there, confused look oan his mug, but started tae smile, obviously nae scoob whit Davie wis rabbitin' oan aboot. Davie sensed he wis puzzled, but wis determined tae git his point across. He started daen sounds wi his mooth like cheesy porn music, then started sayin' "bow chicka wow wow," while stickin' his right index finger through the hole he'd made wi his left index finger n thumb. The smile oan Aamir's face disappeared n he pointed at himself.

"No thank you, me no homosexual," he said, shakin' his heid frantically.

Big Tam, Irn-Bru Stew, n masel wir in stitches.

"He thinks yi want tae shag the arse aff him," said Big Tam, barely able tae get the words out fir aw the laughter.

Davie wisnae findin' it quite as amusin'.

"NO, NO, NO," Davie wis shoutin', hands noo flappin' aboot in distress.

That seemed tae take a bit ay the panic aff Aamir's face, realisin' that mibby he wisnae gonnae have tae sleep that night wi wan eye open n a nae entry sign taped across his bum cheeks.

Davie continued wi the reverse peddlin'.

"You," he said, pointin' at Aamir. "Girls," he added, simulatin' a pair ay massive boobs. "Pornstar," aimin' his index finger at the squirrel tail fir a tache the lad had lyin' dormant oan his tap lip.

Stumblin' over came Pistol Pete, rubbin' his eyes, basically lookin' like a sack ay shit. Big Tam had telt him tae relax fir a bit back at the "The Ritz." Pete's allergies wir playin' up, eyes aw puffy n rid nose that wid've looked perfect oan a late December reindeer. It wis pissin' Pete aff.

"Whit's goin' oan up there?" said Pete, squintin' intae the distance wi his gritty eyes.

We aw had a good gawk. A sudden cloud ay dust had appeared, looked like a couple ay vehicles had skidded tae a halt n thrown up a patch ay sandy mist.

"Might be somethin'. Might be nothin'. Let's go n check it oot," ah said, grippin' tightly oan ma SA80 rifle.

"Roger that Weeman," said Big Tam, wi an enthusiasm tae him like he hoped somethin' wis aboot tae go doon.

We headed alang swiftly, me in front, keepin' a close eye oan whit wis happenin' up ahead. We wir still aboot three hunner yards away, but it looked like two or three folks had goat oot the vehicles n wir messin' aboot wi somethin' at the side ay the road; briefly anyway. There wir some shouts in Pashto or Dari n the bodies loiterin' by the roadside immediately piled back intae their cars. We'd been spotted, they obviously had somethin' tae hide. Ah took aff, gettin' up tae a frantic pace real quick. Ah could feel ah wis leavin' the others ahint. Ah should've stopped, slowed doon at least. The two motors had awready u-turned n wir oan their way in the other direction, but fir some reason ah kept oan peltin' doon the edge ay the road, figurin' ah could even git close enough tae fire a shot n burst wan ay their tyres or somethin'.

Ah wis gainin' oan them, ah really wis. Felt like it anyway. The sweat wis drippin' intae ma eyes, stingin', but ah charged oan, vision slightly impaired. The clatter ay feet ahint me wis diminishin' in volume, but the scream wis like it wis right inside ma ear.

"BILLYYYYY."

Fae the bright sunshine ah caught a flicker ay somethin' shiny pokin' oot slightly fae beneath the dusty ground, but ma rapid momentum wis carryin' me forward uncontrollably, ma right boot stampin' oan the edge ay the foreign object.

BOOM.

Ma eyes flashed open, instantly realisin' ah'd yelled oot.

No again.

Ah waited fir the laughter ahint me but it didnae happen. Ah turned roon; there wis naebody there. The only passenger left oan the bus wis some auld fella near the front, n he wis slouched against the windae, either oot fir the count or deid.

"Ah hate when that happens."

Ah had nae idea where the voice came fae, still tryin' tae git ma bearins. Then ah caught his eye in the mirror jist above the front windae. It wis the driver; must've clocked me jumpin' up like ah'd crapped it. Probably gave him a right laugh.

"Happens tae me aw the time when ah'm oan the train. Somethin' aboot them that jist makes me nod aff," he shouted back.

Ah managed a smile.

"Ah'm an awfy man fir wakin' up fae dreams when ah'm oan the bus," ah said.

"Fallin' aff a cliff or burnin' masel oan somethin', that's whit usually wakes me up like that. Whit's yours?"

Gettin' ma leg blown aff in the war.

"Fallin' fae a skyscraper," ah replied. He didnae need tae know any ay ma business.

"Aye, the high buildin' thing seems tae be a common wan."

Ah looked away fae his mirror, disengagin' the chat; ah wisnae in the mood fir a detailed conversation aboot somethin' ah wis makin' up anyway.

Where wir we? Basically naebody oan the bus meant we wir passed the toon centre. Ah looked ootside, processin' the surroundins. Wow, we'd passed Argyle Street a while back, mibby as much as fifteen minutes; we wir jist aboot in Cardonald, only four stops fae mine. Any longer snoozin' n ah could've ended up at the end ay the route in Paisley bus station n wid've had tae endure the trip ay shame back oot tae Cardonald.

Ah thanked the driver fir the free fare then made ma way up the main street. The rain wis aff fir noo which wis a relief, but the sky wis still growlin'. Ah nipped intae R.S. McColl's n grabbed a Daily Record, box ay Roses chocolates, n a cheap bunch ay floowers similar tae the wans yi found fae the petrol stations; ah figured it wis the thought that counted.

Left ontae Crookston Road n the hospital wis in sight. Ah wis nervous. Would ah be interruptin'? Wis she even there? Ah knew she wid be scheduled, but it wid jist be ma luck if she'd called in sick or somethin'. Probably should've phoned ahead tae check. Ah well. She probably wis there though. Whit wis ah gonnae say?

Jist say thanks, Weeman. Tell 'er yi don't know whit yi wid've done withoot 'er, n the floowers n chocolates, although no much, wir jist a wee token ay appreciation fir aw her time, effort, n patience.

Aye, that wis the way tae go. It wis true, she wis ma saviour. If only ah could meet a lassie as genuine n cute as her. She liked me fir sure, but she wis the type that liked everybody, right bubbly. Her affection fir me wis aw above board, aw professional.

The automatic slidin' doors ay the main hospital entrance swooshed open like somethin' fae the Starship Enterprise. Ah approached the desk n the lady ahint the counter clocked me right aff the bat, nice burd, reminded me ay ma maw wi her shoulder length broon hair n pleasant nature, probably aboot a similar age anaw.

"Hello Billy, I thought we'd seen the last of you," she said.

"Oh, that's nice Irene. Thought yi'd goat rid ay me fir good," ah replied, straight faced. Ah'd forgotten 'er name anaw, thank God fir workers name badges.

"Oh I didn't mean it like that Billy. I just thought you were done with your sessions."

Ah must've smirked n the penny drapped.

"See you," she said. "You had me feeling bad for a second there."

"Of course ah wis jist messin' wi yi. Is Isabel workin' the day?"

"Yeah, I saw her a little earlier. I'm not sure if she's with a patient at the moment or not."

"Ah jist wanted tae give her a wee present tae say thanks fir aw her help," ah said, holdin' up the floowers n chocolates.

"That's nice of you."

"She saved ma life, least ah could dae."

"Well I'm sure she'll be delighted. Just go through, you know where you're going."

"Thanks Irene."

"You bet. And Billy, it's great to see you're doing well. Being honest with you if I didn't know you I'd have no idea you'd even been in an accident. The transformation in you is unbelievable."

"Thanks again Irene, yi've nae idea how much that means tae me."

Ah headed alang the corridor tae the right. The place wis plush. The difference between NHS n private hospitals wis staggerin'. None ay yir bare flairs n plain walls. Even the smell wis pleasant, nae sickness n stale sweat in the air. It wis mair like a nice hotel. No yir five star establishment wi the marble n that, but mibby a four though, carpet tile floorin', art oan the walls every dozen steps, n an abundance ay plants addin' tae the decoration, everythin' fae mini Cactus perched oan wee tables tae Philodendrons n Dracaenas perched in attractive pots in every corner (ma maw likes plants n educated me oan whit's whit over the years. Naw, it disnae mean ah'm a wee bit light in the loafers).

'Physio Therapy.'

The sign wis aw too familiar. Felt weird tae be walkin' through the doors knowin' ah widnae be changin' intae gym gear.

Fuck you butterflies.

Ma stomach wis goin' like a washin' machine. Why wis ah so nervous?

Git a grip Weeman, yir jist sayin' thanks. Don't git ideas above yir station. Plod oan.

The gymnasium area wisnae too busy, although it never really wis; they only seemed tae dae at maist three appointments at a time. Two folk wir workin' oot, wan lassie daen wee bounces oan wan ay they single trampoline things, n a boy in his late thirties wi a knee brace oan wis peddlin' n pullin' painful faces oan an exercise bike. Baith had a therapist next tae them, sayin' words ay encouragement like a couple ay cheerleaders. The lassie oan the mini trampoline wis right intae the verbal boost, but the guy oan the bike, sweatin' his brains oot, knee obviously bealin' aboot the activity, wis flashin' a look back tae Steven (therapist, very light in the loafers) that screamed "fuck you." They wir aw too involved tae notice ma presence, so rather than chime in n break their momentum (although the boy oan the bike wid've probably bought me a pint if ah did) ah drifted over tae the little staff office in the corner.

The door wis slightly ajar so ah peeked through. Sure enough, there wis Isabel sittin' facin' ma direction, feet up oan the table, gently swingin' back n forth tae the sounds fae the radio as she flicked through some entertainment magazine. Her shoulder length broon hair wis tied back in a ponytail as usual and she had some make-up oan, but jist a fine dustin'. She had the usual light blue scrubs outfit oan as well as 'er trusty Reebok gutties. She looked nice in a plain type ay way.

Ah pushed the door open slowly, tryin' ma best tae no make it creak. Ah wisnae sure why ah wis bein' aw sneaky, think it wis jist the nerves. Ah cleared ma throat. She glanced up; must've startled her. She slipped back in the chair that wis awready balancin' oan its back legs, hands flailin' aboot in the air in an attempt tae regain balance, but sendin' the magazine skyward in the process. The flappin' must've worked wonders as she came crashin' forward, palms clumpin' oan tap ay the table, but other than a racin' heartbeat, nae harm done, much tae ma relief.

"Oh Billy, you scared the life out of me there."

"Sorry, that wisnae ma plan at aw. Ah jist wanted tae stop by n say thanks again fir aw yir help n persistence wi me. Ah brought yi a wee present, nothin' special, jist some floowers n chocolates," ah said, skatin' them across the table.

She looked right chuffed.

"Awww, thanks Billy, you shouldn't have."

"It's nothin' much."

"Billy, it's perfect."

"Ah owe yi a lot mair than that."

"Really Billy, you owe me nothing, I was just doing my job. I'm just over the moon you're doing so well."

"Only because ay you, Isabel."

She picked up her magazine n lay it beside ma gifts. There wis a warmth in her eyes as she stood up, slidin' 'er chair away wi the back ay 'er knees; the metal legs ay the cheap-lookin' seat makin' a cringin' screech against the wooden flair like fingernails doon a blackboard. Isabel didnae even acknowledge it as she approached me, extendin' 'er arms oot as she goat tae me n ah gladly accepted the embrace. It felt good tae be in a female's arms that wirnae ma maw's, it really did. Ah loved ma maw's cuddles, don't git me wrang, but it wis nice tae be snuggled in beside somebody that wisnae part ay ma family. Ah didnae want tae let go, but ah relaxed ma arms n softly pulled away afore it hit that awkward stage.

"It's really great to see you Billy."

"You anaw."

"I wish I could spend more time with you, but I've got a patient in… six minutes," she said, readin' fae her watch.

"Oh, don't worry aboot that, ah jist wanted tae stop in real quick n say hello."

"Did your uncle drive you in?"

"Naw, no the day, goat the bus in."

"You took the bus all the way here just to give me flowers and chocolates?"

"Of course, yi're worth it."

"That's so nice. You're a real gentleman, Billy. I feel so special."

"Well yi should, yi are special."

She looked well impressed, almost like she wis meltin' inside. That look alone made the entire trip worthwhile.

"Do you promise to stay in touch with me?"

"Too right, yi don't git rid ay me that easily."

"Well I hope not."

"Ah swear oan ma maw's life."

She smiled n nodded. She knew how close me n ma maw wir.

"That's good enough for me."

We stared at each other, a little too long, hittin' that awkward moment ah'd been tryin' tae avoid durin' oor hug.

"Anyway," ah said, breakin' the discomfort. "Ah'd better be aff."

"It really was good to see you."

"It's always good tae see you, Isabel."

Ah turned n headed tae the door.

"Billy."

Ma heid ripped back aroon. She paused, big time.

"Nothing. Just take care and keep in touch."

Ah headed back oot the front door ay the hospital, in a bit ay a daze, no even lookin' tae see if any ay the receptionist staff wir at the front desk. Ah felt like Isabel wis wantin' tae tell me somethin' as ah wis leavin', but ah couldnae be sure.

A WEE KICK AY THE BAW

Another mornin' ah didnae want tae git oot ay bed. Shocker. It wis gettin' a habit n ah knew it wis a bad wan. Isabel jumped intae ma heid. Ah loved 'er smile n 'er motivation had been second tae none. Ah could've done wi 'er here in ma room, drag me oot fae under the blankets n git ma depressed arse in gear. Ah wis pathetic, but it wis like ah couldnae help masel. Every time a positive thought entered ma heid it wis like a negative wan overpowered it; God oan wan shoulder clad in his long white robe tae match his white beard, n the Devil wi his sharp horns oan his heid oan the other shoulder, the two ay them meetin' ahint the back ay ma neck fir an arm wrestle, wi the wee evil rid bastard slammin' God's wrist doon every time. No the day though. It wis time tae fight back, stay optimistic n dae Isabel proud fir aw the positive reinforcement she'd added durin' oor sessions.

Before ah could talk masel oot ay mair destructive thoughts ah threw the covers aff me n sat up oan the edge ay the mattress, grabbin' ma prosthetic n clippin' it ontae ma stump. Ah figured ah'd shower later, mibby even a hot bath, but right noo wis time fir affirmative action. Ah grabbed a pair ay Glasgow Blue Crew shorts n a plain white t-shirt fae ma middle drawer, slippin' them oan fast, blockin' oot anythin' poppin' intae ma mind. The cupboard in the corner ay ma room wis the next stop, diggin' deep in behind aw the dirty clathes ah'd chucked in there the last few days, pullin' oot ma blue n white Mitre fitba n ma Adidas boots. The left wan slipped ontae ma foot nae bother, but it wis quite the effort tae cram the right wan ontae the slightly bigger fake foot at the end ay ma metal leg, but a few tugs n groans n it wis oan tight. Ah even managed a snigger, thinkin' how painful n uncomfortable it looked; there wid've been grazed skin n blisters in nae time had it been real, but ah couldnae feel a thing.

Ah went intae the back gairden. The front wis a lot bigger but the back wis a lot mair private wi the six foot fence separatin' us fae the neighbours oan each side; ah wis paranoid enough withoot people passin' the front n lookin' at me makin' a spectacle ay masel.

Ah started aff easy, or so ah thought, daen a wee bit ay keepie-uppie wi the good leg. Weird feelin' wid've been an understatement. Don't git me wrang, ah'd done plenty ay balancin' exercises as part ay ma rehab, but never while tryin' tae keep a baw in the air wi ma good leg. Ah managed five then lost control. Five ah thought. No bad. Better start than wan or two.

Ah kept at it, gradually managin' mair n mair, gettin' cocky efter a wee while, throwin' in a few knees, shoulders, n heids tae ma jugglin' routine. Ma spirits wir liftin' wi every minute that passed. It took me back tae ma days as a wee boy, ma dad oot in the street wi me, ma new rid white n blue bike ah goat fir Christmas under his arm (nae stabilisers), teachin' me how tae go it withoot fallin' oan ma face. That felt weird at first anaw, but like anythin' else, practice could make perfect. If only ma dad could see me noo ah thought. Ah wisnae much fir religion n aw that shite, but ah managed a look up tae the cloudy sky, knowin' that if there wis somethin' goin' oan away up there he'd definitely be lookin' doon, watchin' over me wi a wee glass ay Johnnie Walker n ice in wan hand, a Regal King Size in the other, n a big smile decoratin' the front ay his mug.

It wis time tae pick up the pace. The back wall ay the hoose wis ideal fir kickin' the baw aff; orange bricks fir the first four feet aff the grass afore the roughcast kicked in. The kitchen windae started at aboot five feet, so ah jist had tae make sure ah kept the baw doon. If a panned in the glass ma maw wid've went mental, regardless if she wis delighted ah wis oot kickin' a baw aboot again or no. A thick metal pipe exited oot through the back wall, immediately bendin' doon n runnin' the length ay the orange bricks n intae the ground. It wis the wan drainin' the water oot fae the kitchen sink, but it made fir a perfect goalpost. Ah pulled the wheelie bin across a few feet closer tae the pipe fae its position beside the back steps, so they wir nae mair than four feet apart, makin' an ideal set ay goals. Ah wis gonnae make them wider, but there wis nae point makin' things easy fir masel, false sense ay security n aw that. Naw, focusin' oan extreme precision wis the way tae go. Anybody could fling a sausage up a close, but no many could fling it intae the size ay a letterbox fae fifteen feet, but ah wanted tae be that guy.

A practiced penalty kicks, gettin' used tae ma balance oan the run ups. Nae bother. The first wan ah placed right in the corner by the wheelie bin, hard n firm. Belter. Wisnae a keeper in the country could've kept it oot the net. Next wan, same spot. Third yin, opened up the inside ay ma foot a wee bit right afore ah connected wi the baw, lookin' at the corner by the bin, fakin' oot the imaginary goalie like that's where ah wis goin'. Picture perfect. Jist inside the pipe oan the left wi the keeper divin' towards the bin, turnin' tae watch as it sailed past him oan the other side, gettin' up n shakin' his heid. 1-0 ya wank. The sweat wis drippin' aff me. It wisna the warmest ay days but ah wis havin' a ball. It wis as pleasant as a Caribbean beach as far as ah wis concerned.

Next drill. A wee bit ay dribblin'; ma biggest challenge yet, or so ah thought. Turned oot tae be a piece ay piss. Ah wis really gettin' the hang ay it in a big way n the strange feelin' in ma stump wis becomin' mair n mair natural wi every step. Ma dad wis probably rattlin' back the whisky n chain smokin' the fags, cheerin' me oan aw excited.

Ah ran n ran, back n forth, takin' oan defenders n makin' the goalkeeper shake his heid in frustration. Knackered, wi water pourin' intae ma eyes, ah slumped ma arse doon oan the grass, gently fallin' ontae ma back, takin' a few deep breaths, laughin' oot loud n cryin' at the same time. Tears ay joy. Ah glanced up at the kitchen windae, feelin' a presence, but naebody wis there.

WHIT A BLAST

A h remember the explosion; the suddenness ay it anyway. How could ah no? It had terrorized me oan n aff fir months since that warm day in Hell, like ma alarm clock goin' aff, awakenin' me fae ma nightmare, only tae realize the nightmare wisnae fiction. Ma dreams were rarely the same though, varyin' fae wan end ay the spectrum tae the other. There wis wan common theme; they aw started aff like there wis nothin' wrang wi me, two perfect legs, playin' fitba, runnin' doon streets wavin' happily at folk, rock climbin' in the Cairngorms, or some other kind ay athletic pursuit wi a massive smile oan ma mug. Then the dark clouds wid roll in, takin' away ma sunshine. Wi the fitba ah'd swing n miss the baw, the runnin' doon the street wid result in me fallin' flat oan ma face; the folks ah'd waved tae wid point as a chorus ay their deep toned evil laughter echoed aw aroon me. Wi the rock climbin' ah'd suddenly find masel hangin' fae a slim ledge, searchin' fir a foot hold ah could no longer achieve, fingers gradually slippin' as the panic set in, fine dirt particles diggin' in under ma desperate fingernails, finally losin' ma grasp, feelin' the sensation ay plummetin' tae a messy end fir nae mair than half a second afore boltin' upright in ma bed, drenched in sweat fae heid tae stump, debatin' whether it wis good tae be alive or better if it had been reality n ah'd hit the bottom ay the rocky canyon.

The noise fae the blast wis somethin' that would never escape the confines ay ma memory banks. Shit, a balloon burstin' or a car exhaust backfirin' had me divin' fir cover wi shite runnin' doon the back ay ma thighs.

Immediately efter the explosion had been a bit ay a blur, driftin' in n oot ay consciousness. In the moments when ah wis semi-awake, aw ah could hear wis screamin' n shoutin', bodies runnin' aboot like crazy, but they wirnae in focus, jist a collage that made nae sense. Ah didnae know whit wis happenin', n the weird thing wis ah wisnae in much pain. Aw ah could tell wis there wis a numbness in ma lower right leg. If only ah'd known the extent ay the damage. Ah mind nothin' ay the helicopter trip, n when ah say nothin' ah mean zero, but apparently ah wis airlifted tae Camp Bastion in wan ay they big Chinooks.

Ma eyes opened slowly tryin' hard tae take in ma surroundins. Ah wis dazed n confused, nae idea where ah wis or why ah wis there. Ah wis in a bed, it wis cozy. There wis some guy in his late twenties no far tae ma right, lookin' at me. He wis sat in a wheelchair. Ah eyed him closely. He said nothin'. Ah didnae recognise him, but he had a sympathetic stare, like he knew whit wis happenin', like he understood. Ma vision wandered doon; poor bastard had nae legs, sat there in his chair like he wis buried in sand fae the waist doon. Ah felt terrible fir him, but then ma senses kicked in. Whit wis he daen hangin' aboot here? Whit wis ah daen in a hospital? Ah started tae freak oot, lookin' doon at the covers snuggled aroon me. Wan bulge oan the left side near the bottom, nothin' oan the right.

Flashback.

Explosion.

People screamin'.

The screamin' started again.

Two nurses appeared pronto, wan quickly wheelin' the legless fella oot the road while the other wan pulled the big curtain oan the ceilin' rails aw aroon the bed, then did 'er best tae calm me doon. Heart bangin'. Boom boom boom. Nae breath, tryin' tae gasp fir wan, nane available. Panic set in.

The nurse who'd wheeled the boy in the chair away appeared back oan ma right side, the other oan ma left. Ah struggled n fought, tryin' tae git up, but ma strength wis missin' in action, n a submitted tae their grips, oan the ootside at least.

They wir by me fir whit felt like half an hour, but it wis probably mair like five minutes, me replayin' the blast over n over, digestin' what had happened, ma heart finally settlin' back tae the gentle tremor fae a snare drum.

Ah don't know if any ay yi have lost part ay a limb, or a full wan, or even received shockin' news like yi've goat cancer or somethin', but the shock then realization that it's no a dream is somethin' hard tae explain. When the nurses wir confident ma hysteria had passed they took their hands aff me. They wirnae mad or anythin', baith had motherly looks oan their faces. Wan wis an aulder dear, probably pushin' sixty, dark hair wi chunks ay grey weavin' through it, pokin' oot fae under her white nurse cap; a wee wummin, almost as broad as tall. Friendly features. She'd been aroon the block, probably had seen every injury there wis tae see. The other wan wis much younger, mibby twenty-five, skinny as a rake, hat oan 'er almost too big fir 'er tiny heid. She had a smile oan 'er face but it wis fake as fuck, like it wis painted oan. Her mooth suggested happy thoughts but her eyes howled distress.

"Ma leg's away, right?" ah said tae the aulder tubby wan.

She never spoke. Her eyes closed n she jist nodded her heid.

"How long have ah been here?"

"You've been in the ward for only a couple of hours, but you've been at Camp Bastion for a little over three days."

"Three days!"

Again wi the closed eyes n noddin', but this time she managed some words anaw.

"They operated on you three times. You were in and out of consciousness between each of them, but I'm not surprised you don't remember much, you were heavily medicated."

Ma mind wis numb, but ah continued oan.

"Can ah feel ma knee?"

"Yes, you should be able to," she said, sincere smile noo. "They were able to save it. You've got about six inches below the knee. I know this might not seem like much consolation right now, but still having the knee joint is going to make rehabilitation much easier."

She wis right, it wisnae much consolation, but ma thoughts wir aw in the heat ay the moment.

"So whit's next fir me?"

"We'll monitor you over the next day or two and if there's no further complications you'll be discharged. They'll fly you to Queen Elizabeth Hospital in Birmingham. You'll likely be fitted with a prosthetic there and begin your rehabilitation. From there you'll be transferred home when the time is right. You're from Scotland, correct?"

"Aye, jist east ay Glasgow. A wee place called Bellshill."

"The folks in Birmingham will fix you up with a physiotherapist in the Glasgow area. I'm not going to sugar coat anything. You have a long journey ahead of you and it's going to be tough work, many months of rehab, but technology has come along leaps and bounds over the years and I really believe you can get back to a fairly normal life in the near future."

Ah knew she'd meant whit she wis sayin', but at that moment ah hadnae been quite as optimistic.

ANOTHER DIP DOON

Ah wis confused beyond belief. The day afore ah'd been as high as a kite, kickin' the baw n scorin' goals again. The day ah wis as low as a shite floatin' doon the sewer. Ah knew it wis nuts but it wis like there wis nothin' ah could dae aboot it. So fuckin' whit, yi played some fitba, no bad either, but if yi couldnae beat yirsel yi wir ontae plums as far as havin' any further success.

Ah toddled through tae the livin' room like a half shut knife. Ma maw wis sat oan the couch, feet up, slippers parked neatly beside 'er oan the carpet. The Eastenders omnibus edition wis oan the telly. It wis like 'er heroin. Fuckin' loved it. Soap junkie. Ah wisnae sure who wis mair ay 'er favourite, me or the Cockney twats n their borin' existence who walked aroon 'The Square,' always moanin' aboot some pish. Ah wisnae serious aboot wonderin' who 'er favourite wis, but she did love that programme. It wis pure baws though. The best thing aboot it wis hearin' the drum beats at the end, punishment over. Ah think ma maw liked the fact it reflected a bunch ay people whose lives wir probably drearier than oors. She talked aboot the characters like they wir real folk. Ian did this, Sharon kissed Shane, Phil's a prick. She wis spot oan wi the latter, but ah goat a right kick ootae 'er enthusiasm n the way she telt me like it wis essential information ah needed tae know.

She smiled as a bunch ay they muppets oan the screen sat in that dull Queen Vic pub, drinkin' watery pints n gossipin' aboot somebody's motor gettin' stolen (or something rivetin' alang they lines). Maw wis aw giddy-lookin' as usual but even mair than normal, n naebody oan the screen had said anythin' funny (they rarely did). Ah goat right worried when she grabbed the remote n hit the mute button.

"Ah saw yi yesterday," she said, big grin, liftin' 'er shoulders up the way she did when she found somethin' cute.

"Yi see me everyday Maw," ah replied, screwin' ma face up.

"Ah saw yi in the back gairden."

Ah thought ah'd felt a presence. She must've been peekin' through the blinds. Ah didnae blame 'er ah suppose. It wis her hoose, she could dae whitever she wanted. She probably wondered whit aw the racket wis, me batterin' the baw constantly aff the back wall.

"Ah wis jist tryin' tae see if ah could kick the baw a wee bit," ah said, cheeks instantly flushed, pure black affronted.

"Tryin'? Yi wir amazin' son."

"How long wir yi watchin'?"

"How long wir yi oot there?"

"Yi wir watchin' the whole time?"

It wis like we wir goin' fir the world record ay maist questions asked in a row.

"Almost. Ah heard yi goin' oot the back door. Ah thought yi wir jist goin' oot fir a wee bit ay fresh air tae clear yir heid, then ah heard a thump. Ah looked oot the blind tae see whit wis goin' oan. Son, yi wir amazin'. Yi made me greet."

"Ah made masel greet."

"Nothin' wrang wi lettin' yir emotions oot son, especially happy wans."

"It felt superb Maw. Ah'm back tae feelin' lost though. It wis unbelievable yesterday, but the day ah'm rock bottom again, wonderin' whit the point is. Any wan-legged fool can kick a baw aboot oan his ain. So whit. Whit does it really mean?"

"Ah might no be a fitba player masel son, but ah've been aroon a while, watchin' the game many years. Ah've been tae many a Blue Crew match wi yir dad, watched yi play fir the Boys' Brigade team as well as junior fitba, n ah can tell yi've still goat that magic spark, even if ah wis jist lookin' at yi kickin' the baw aboot the back gairden. If yi can jist git playin' again against some decent folks yi'll realise ah'm right."

"We'll see Maw, we'll see."

———

It wis late efternoon n had been a lazy wan. A swift dip in the bath wis followed by a quick read ay The Record's sports pages, then planked masel doon oan the couch, flickin' through the TV channels, quickly comin' tae the understandin' that if there wisnae a game oan, maist programmes wir repeats or jist pure pish. Judge Judy; junk, people bickerin' n bitchin' aboot utter shite. Jersey Shore; are yi kiddin' me? Bunch ay slappers n guys wi big muscles, brains the size ay a rat's left nut tae match. Reality TV ma hole. Glee; nae comment. Harry Hill's TV Burp wis oan that Dave channel, but shockeroonie, it wis a repeat. Funny as fuck though, the man wis jist hilarious tae look at, even afore he opened his mooth. They big collared shirts he wore wir hysterical. Ah watched it again, better than the other American bollocks that had infected oor stations like a contagious disease. Mibby a wee bit harsh n a generalisation; The Sopranos wis great when it wis oan. The Office wi Steve Carell wis the berries, Shameless wi that weird lookin' William H Macy wis cool as, n Hoose wis nothin' less than the bees knees. The Office n Shameless wir adapted fae British shows but, maist ay the good stuff wis. Hoose wis theirs, but let's be honest, if it wisnae fir England's Hugh Laurie it jist widnae be the same. That man wis like the Blue Crew fitba team, simply the best. Wis there anythin' he couldnae dae? Comedian double act wi that big Stephen Fry fella. In Blackadder he had everybody pishin' their drawers wi his stupidity; total class. He wrote books, directed stuff, played the piano like he'd been daen it since he'd popped oot his maw, n wis a super singer, especially wi that Jazz n Blues music. It wis like he had super powers n could dae anythin' he put his mind tae. Probably wisnae a bad fitba player anaw, almost certainly hung like Shergar, n nae doubt delivered grimacin' multiple orgasms every time he grabbed the missus fir some horizontal joggin', probably as routine tae him as shellin' peas. Shit, if he ever goat in an accident n blew his leg aff, he'd probably find a way tae grown the thing back.

Anyway, Harry Hill wrapped up his show, finishin' aff wi his usual mental antics; dancin' as he played "Eye ay the Tiger" oan the organ wi two guys dressed up in furry suits n boxin' gloves (wan a gorilla n the other a grizzly bear), knockin' seven shades ay shite ootay each other as the audience went bonkers anaw. The credits rolled n ah hit the aff button oan the remote, figurin' a wee nap wid be time better spent than channel surfin' through mair late efternoon gash. Ma eyelids goat heavy real fast as a dug ma heid deep into wan ay the couch cushions. Ah wis gonnae take ma leg aff but ah wis right comfy. Sometimes if yi git up tae dae somethin' yi jist don't git back intae the same position yi left, no matter how hard yi try, n aw that does is nothin' mair than piss yi aff. Wisnae takin' any chances. Night night. Aye right.

"Billy."

It wis ma maw. Ah pretended ah wis asleep.

"Billy, ma heid disnae button up the back. Ah've been at the kitchen table readin' fir the last three quarters ay an hour n ah know yi've jist turned the telly aff."

Too smart n nosey fir 'er ain good that wummin sometimes. Quiet as a moose she wis. Ah didnae even know she wis in there. So glad ah'd decided against that ham shank ah'd been thinkin' aboot afore Harry Hill came oan; lifesaver as well as a comedian.

Ah opened ma eyes slowly, genuinely knackered.

"Whit's up Maw?"

"Ah'm headin' over tae the bowlin' club fir a wee while, meetin' the lassies fir a few games ay bingo. Fancy walkin' me over? It'll dae yi good tae git some mair exercise. Ah'll even buy yi a couple ay pints. Some ay yir dad's auld pals are usually there at the bar. Might be good fir yi tae catch-up wi some ay them."

Ah really couldnae be arsed, but she wis right, it wid be good tae git oot. Ah wis climbin' the walls in the hoose a wee bit. Sleep wis jist tae pass the time mair than anythin' else. The mair exercise ah goat the better n a couple ay cold Tennent's Lagers didnae half sound bad.

"Sure Maw, ah'll come over wi yi fir a wee bit. Let me stick a pair ay jeans n a jumper oan."

It wisnae a bad day outside. Two days in a row withoot it pishin' doon wis quite the success. The sun wis even pokin' its nut oot again. A few dark clouds wir scattered aboot, but ah wis fair confident we wir gonnae be lucky. We headed doon Keir Hardie Drive that ran parallel wi the big park. The wind wis pickin' up a bit but ah wis glad; nowadays the exercise wisnae long in breakin' me oot in a sweat. Ah wis content as we strolled thegither; a 'nae jaicket required' day wis always a winner.

The park wis well busy. Four wee laddies raced back n forth oan the swings, n a good lookin' single mother by the name ay Lynn McKelvie wis pushin' 'er wee boy Martin oan the merry-go-roon, the toddler grippin' oantae the handrail like he wis oan wan ay they mad roller coasters at Blackpool Pleasure Beach; his blonde locks at the back ay his heid flappin' aboot in his jet stream. Another group ay aboot a dozen boys, mibby jist teenagers if they wir lucky, ran riot in their shorts n fitba boots, kickin' the baw towards the jumpers fir goalposts located on either side ay the width ay the park.

"See, there's always somebody aboot tae give yi a wee game n test yir new skills," said ma maw, pointin' at the youngsters gettin' tore in aboot each other.

"Maw, they're aboot twelve. If ah cannae beat them ah'd be as well jist quittin' the noo."

"Ah know that son. Ah'm jist sayin' there's always gonnae be somebody aboot tae git a wee kick aboot wi, even if it is jist wee boys. It wid be good tae help them learn mair anaw, ah'm sure they'd appreciate that n it wid probably keep you happier than stoatin' the baw aff the back wall. Ah know that wid keep me happier, interruptin' ma TV shows wi yir thump thump thump," she said, winkin' at me, but as wis certain she wis only half kiddin'.

We turned the corner ontae Mansfield Road. Further up oan the left wis the bevvy shop, the chippy, butcher's, n the bookies, aw in a row.

"Is that yir pal Ryan?" said ma maw, squintin' 'er eyes a bit.

Ah couldnae quite tell masel. There wis a boy, short broon hair, jeans n a hoodie, carryin' a plastic bag. Ah could hear the clankin' ay bottles wi every step he took. At that point ah wis virtually certain it wis Ryan; he loved his efternoon swally sessions.

"Yi might be right Maw."

"RYAN," ma maw shouted, but it wis a feeble effort. Whit wind there wis wis intae oor faces. If there'd been a Ryan ahint us he wid've been aw over it like a rash.

"RYAN," ah blasted.

The boy stopped in his tracks n looked roon. It wis him awright.

"BILLY BOY," he screamed back, instantly headin' in oor direction.

Why he didnae jist wait fir us tae git tae him wis beyond me, but he wis never known fir his intellect. Ah wis jist delighted he wis happy tae hear fae me.

"Awright ya fanny," he said as we met, shakin' ma hand n daen the quick guy cuddle thing.

"No too bad ya spunk bucket," ah said as we let go ay each other.

"You boys certainly have a way wi words," said ma maw, shakin' 'er heid, but in good spirits.

"Sorry Mrs. Ferguson," said Ryan. "At least ah didnae say cunt."

"Yi jist did Ryan."

"Oh…aye…sorry aboot that anaw."

"Ah'm jist messin' wi yi boys. Ah'm jist happy yir gettin' tae see each other."

Ah'd seen Ryan since ah'd lost the leg, but only a couple ay times. He wis a great pal, wan ah'd had since ma early school days. He wis a wee fella anaw, similar toned build, although over the years his flat stomach had gradually expanded intae a slight mound. Jist like the rest ay ma pals, bevvy played a part in every day life fir Ryan.

This wis the first time ah'd seen him when ma mood wisnae *completely* doon the shitter.

"So whit yi up tae?" said Ryan, carrier bag ay bottles clinkin' thegither as he fidgeted aboot oan his trainers.

"Jist headin' over tae the bowlin' club. Maw's playin' some bingo wi a few ay the lassies n ah'm probably jist gonnae have a couple ay pints. Whit yi up tae yirsel?"

"Me, Jimmy, n Big Slim are jist kickin' a baw aboot at the park up the bing. Well…wir havin' a few light refreshments anaw if yi know whit ah mean," he said wi a wee wink. "Ah wis jist sent doon fir some reinforcements," he added, givin' his white plastic bag a wee shoogle, like ah didnae know it wis full ay cheap wine.

Ma maw wis in quick.

"Why don't yi go over n hang oot wi yir pals fir a wee while?"

"It's awright Maw, mibby another time. Ah said ah'd come over tae the club wi yi."

"Well, why don't the pair ay yi walk me tae the club, then you go aff n hang oot wi the boys fir a wee while. Ah'll be playin' the bingo fir a couple ay hours. Head away fir an hour or so then yi can come back n meet me."

Ryan wis noddin' like wan ay they bobble heid toys. Maw looked at him n joined in wi the nut noddin'.

"Come oan Billy, the boys wid love tae see yi," said Ryan.

Ah paused, thinkin' aboot it. Why no, right?

"Awright, ah'll come over fir a wee bit."

"That's the game Billy," said Ryan, lookin' genuinely delighted ah wis joinin' him.

"Good son; it's aboot time yi wir spendin' mair time wi yir pals."

We escorted ma maw tae the bowlin' club. The place wis jist as ah'd remembered it; big square lawn green surrounded wi six feet high privacy hedges, n the clubhouse at the far end. The white paint oan the building's stone walls wis peelin' away aw over the place, n the black oan the windae sills wis even worse. It wis badly in need ay a couple ay coats tae smarten it up, but the members wir a bunch ay tight auld bastards, firmly against any hike in annual fees even though they knew the additional dosh wid've been put tae good use.

Ryan n masel headed up the dirt path ay the bing. Dirt wis the appropriate word; the place wis filthy. Why naebody gave a shite wis beyond me. Basically their ain backgairden, but could they keep it clean? Could they fuck. Maist folk wir scum, drappin' litter wi whit looked like every other step: crisp pokes, papers fae fish suppers, used Johnny-bags, n there wis even a pair ay pink panties, n ah'm no talkin' yir skimpy thong numbers. Naw, these wir a pair ay monster's, obviously some chubby growler had been oot 'er bin n some hairy ned had given 'er fifty rapid right oan the grass slope. Dirty midden. Probably forgot she'd even been wearin' them. Unreal. Wis ah surprised? No in the slightest. The toon wis full ay mucky scrubbers.

We goat tae the tap ay the hill n ah saw the unmistakable figure ay Big Slim daen keepy-uppy wi the baw. He wis big in height, but slim he wisnae. He wis sometimes referred tae as Double F (fat fucker). He'd always been big in circumference n he'd been called slim durin' oor school years (kids wir cruel fir sure) until he wis aboot fourteen. At that time he wis never that tall. No small, but average. Between fifteen n sixteen though, it wis like he'd been sleepin' vertical like a horse, feet cemented in a couple ay bags ay fertilizer. He shot up over that period like a dick gettin' a rub doon wi blue pill oil. Big Slim wis born (although tae keep in line wi oor earlier irony it always baffled me why we didnae go wi Wee Slim).

"BILLY BOY," shouted Big Slim.

Ryan n me wir still aboot a hunner yards away. His eyesight must've improved a helluva lot tae know it wis me comin'. Ah wis pretty sure ma limp wis away n ah wis wearin' jeans, so ah hoped he wis jist honin' in oan other characteristics.

The big fella punted the baw in oor direction, high up intae the sky, gettin' lost in whit sun wis peekin' oot. It bounced aboot twenty yards in front ay us, kickin' intae the air wi a load ay tapspin oan it. Ma eyes followed it, every move, killin' it deid oan ma left thigh. It rolled aff the end ay ma knee, catchin' it oan the tap ay ma trainer, balancin' it oan ma shoe afore flippin' it up ontae ma heid fir two in the air then back doon n trappin' it oan ma toe. It trickled ontae the grass n sat still like an obedient puppy.

"FUCKIN' HELL WEEMAN," shouted Big Slim, runnin' towards us, Jimmy right oan his heels.

Ah turned tae Ryan. Fir wance he wis stationary, nae bottles clankin' fir a change. He wis dumbstruck, mooth hangin' open like he wis baitin' fir flies. Big Slim came crashin' intae me, fortunately daen the whole bear hug maneuver; it wis the only thing savin' ma arse fae grass stains.

Jimmy followed it up, grabbin' me fae the back. Ah wis strugglin' fir air n ah loved every second ay it. That's when yi knew friends wir the real deal.

"Yir the last man ah expected tae see here the day Weeman," said Big Slim, finally pullin' back n takin' his huge paws aff me.

"Brilliant tae see yi pal," said Jimmy, swipin' his long dark hair away fae his face.

Jimmy wis such a stoner. Nae matter how much he goat ripped aboot the hippy long hair he stuck wi it. A lot ay the time it wis back in a ponytail, but the day it wis doon; that often happened when he wis sparkled, n ah could tell he wis awready halfway doon the runway (he had a pair ay cheeks oan him like he'd been belted wi cherries).

"Great tae see yi boys," ah said.

"Jesus Christ Billy, where the fuck did that baw control come fae? That wis better than ah've ever seen yi dae that," said Big Slim, scratchin' his heid.

"Slim, if ah'm bein' honest wi yi, ah don't really know masel. Ah could dae it afore, but right noo ah feel untouchable, like ma control is jist right oan. Ah'm beginnin' tae think that losin' the leg has me mair focused than ah've ever been afore. That's ma explanation n ah'm stickin' tae it."

Ah really didnae know if aw that wis jist pure pish, but ah certainly wis mair focused. It wis like when the baw came tae me ah treated it differently. It wis like wi two legs ah took things fir granted n lacked concentration. Ah wis wan lucky man tae still huv ma good leg. Ah'd always been a leftie, but right noo it wis the only option. Afore ah knew ah had the right as an alternative, although no always a reliable wan. Mibby less options meant less potential fir errors. Right noo ah had ma focal point, ma centerpiece, ma bull's eye, whitever yi wanted tae call it. Regardless whit the true scenario n reasonin' wis, ah wis really startin' tae find optimism.

"Whitever it is Billy it's superb," said Ryan wi a smile. "Noo, whit wid yi like a wee swally ay? Consider it a wee celebratory toast ay yir brilliant baw skills. N naw, oan this occasion am no talkin' aboot yir deft hand technique wi yir sack. Ah've goat a wee Coatbridge fish supper option," he said, pullin' a bottle ay Buckie fae the carrier bag. "Or perhaps ah could interest yi in a wee sample ay the finest grape MD 20/20, or even a wee rid Thunderbird vino," he added, magically producin' another two cheap bum wines fae the bag.

"Ah'll start wi a wee swig ay Tonic," ah replied, wishin' ah'd went tae the bowlin' club efter aw. A couple ay beers wis mair ma thing, but beggers couldnae be choosers ah supposed.

"Yi know whit they say," said Big Slim. "Buckfast makes yi fuck fast."

The big fella held the Thunderbird bottle in the air tae ma Buckie like we wir toastin' somethin' special. Ah unscrewed the cap n took a hit. Why havin' sex quickly wis somethin' tae salute wis jist confusin'. Mibby he meant rapid thrustin' rather than bein' early at the finish line, but ah couldnae be arsed asking n jist went alang wi it.

"Are you the wan responsible fir daen the owner ay the pink granny panties doon the slope over there then?" ah said.

"Whit?"

"Never mind Big Man."

Ryan laughed. Big Slim let it slide, too busy fixated oan guzzlin' mair wine tae give a shite.

"Yi up fir a wee kick aboot Billy?" said Jimmy, again sweepin' hair aff his face.

"Ah might be," ah replied, takin' another moothfae ay Buckie. The second swally wis always better than the first wan.

Jimmy took the baw, ah held the Buckfast, Slim had the T-Burd, n Ryan necked oan the Mad Dog. We jist passed the baw aboot, casual as we drank n talked shite. It wis great tae see the lads. No wan ay them even asked aboot ma leg. Not a peep. No even a sneaky look tae check me oot; believe me, ah wis watchin' them like a hawk.

The baw went back n forth. Ah felt great; confidence startin' tae really skyrocket. Oor bottles wir gettin' lighter wi every kick. The drink changed hands aboot as much as the baw changed feet. Ah wis oan the Thunderbird noo, n wis realisin' why ah didnae drink it very often. The blue label wan wisnae too bad but the rid wan wis reekin'. Ah had a face oan me like ah wis suckin' piss oot a lemon as ah slammed it doon. Nasty stuff. The phrase yi git whit yi pay fir had never been mair appropriate, although in aw fairness ah hadnae drapped a penny.

We stared intae empty bottles. Jimmy n Ryan wir lookin' well melted, but Big Slim the animal appeared as though he'd been poundin' water aw day. Ah had a wee buzz startin' but ah hadnae had anywhere near whit the rest ay them had put away.

"Game ay three n in?" said the big man.

"Sounds good tae me," slurred Ryan.

Hoodies went doon fir goalposts n Big Slim went first as keeper. The idea ay the game wis simple; every man fir themsel, first tae score three times then took a turn in goals, n it jist kept rotatin' like that until the group couldnae be arsed playin' any mair.

Big Slim punted it oot n we wir aff. Ah let Ryan n Jimmy run fir it. They wid have tae come back in ma direction n ah fancied ma chances, especially considerin' they wir baith half in the bag. They jostled fir the baw, Jimmy winnin' the tussle until Ryan messed up his hair (total foul but nae referee) enablin' him tae nick it away fae Jimmy who then turned his attention tae fixin' his locks. Ryan came chargin' towards me, no bad control considerin' his blood alcohol level.

"Ah'm takin' yi doon Billy," he said as he goat close.

He tried a wee cheeky dummy, but it wis as telegraphed as wan ay Tommy Cooper's magic tricks, so ah saw it a mile aff, stickin' in ma good leg n stealin' the baw away. Ryan came back at me but ah turned him inside oot n he ended up oan his arse. Jimmy wis still oot the equation anaw. Ah took a quick glance his way; he wis still footerin' wi his hair, decidin' the ponytail wis the way tae go, strugglin' wi an elastic band n a lack ay coordination.

Wi Ryan in the rearview mirror it wis jist Big Slim tae beat. Nae messin' aboot ah zipped a shot beyond him (he looked like he wis expectin'me tae take him oan) aboot six inches inside the left sleeve ay Ryan's blue hoodie. Big Slim clapped.

"Ah cannae argue wi that Billy," he said.

Two mair quick goals fae me took place; a couple ay raspers if ah may say so masel.

Ah took ma position in goals n watched as they kicked n spluttered aboot wi the composure n elegance ay three cats in a bag realisin' the bricks they had fir company wirnae actually a couple ay new pals.

Fifteen minutes later n Ryan finally scored his third goal. Ah pretended tae save it, but ah jist wanted their riot tae be over, n ah did have the excuse ay ma leg tae go tae if Slim or Jimmy gave me any pish fir no divin'.

Ryan wis ootae puff, Jimmy wis gubbed, n Big Slim wis wheezin' like eh'd jist crossed the finish line at the London Marathon. Game over.

"Who's runnin' doon fir mair bevvy?" said Big Slim.

"Well, ah went the last time," said Ryan, still breathin' hard as he copped a squat oan the grass.

"Ah'll go," said Jimmy. "If Big Slim goes it'll be dark by the time he gits back."

"Up yir arse ya long haired bender," said the big chap, playfully.

"Boys, ah'm gonnae git goin'. Gonnae meet ma maw back at the bowlin'. Ah think ah've been a wee bit longer than ah'd planned anyway. Jimmy, ah'll git yi doon."

"Yi sure yi don't want tae stay fir a wee bit?" said Ryan.

"Mibby another time pal. Ah want tae make sure ah git back in time tae walk the auld dear hame."

"Nae bother Billy. Nae harm in askin'," said Ryan, extendin' his hand.

We shook n hugged. Fuck, ah'd missed these lads *a lot*. Big Slim wis next, squeezin' me so hard a shite nearly poked oot.

"Take it easy ya wee bell-end," said the big man.

"Ah'll see yi soon ya big poof," ah replied, laughin'.

"Yi'd better," he said.

"Ah promise."

Me n Jimmy headed back doon the hill, laughin' as ah pointed oot the the pink panties ah'd mentioned tae Big Slim.

"Yi know Billy, yi should think aboot gettin' back intae the fitba again, n ah mean a real team. Ah know yi've been tryin' tae git over a lot ay messed up shit, but yi've really goat as much skills as yi ever had. Ah don't want tae talk aboot whit happened tae yi n aw that but ah think it wid dae yi good. Ah might be a wee bit fucked up right noo, but bein' honest, whit ah saw fae yi the day wis every bit as good as before yi went away tae the war. Sure, it wis only a wee bit ay fannyin' aboot, but there wir flashes there that wir the dug's baws."

Ah knew he wis bein' sincere. Sure, we aw git mair emotional when wi've had a few jars, but fir Jimmy's eyes tae be fillin' up wis sayin' a lot. Emotionally he wis usually as cold as an Eskimo's scrotum. It certainly goat me thinkin'.

Jimmy n me hugged it oot, said oor goodbyes till the next time, n he staggered aff in the direction ay the wine shop n ah wandered intae the bowlin' club, thinkin' aboot the idea ay playin' competitive fitba again as well as hopin' ma maw had been shoutin' "hoose" mair than her fair share n capturin' a few extra quid fir the purse (it likely meant the difference between a battered sausage n chips oan the way up the road or no).

Ah opened the door ay the clubhouse, ready tae stroll in, but there wis ma maw, standin' jist inside the entrance next tae the noticeboard, gabbin' away tae wan ay the aulder club members, Mary - blue rinser – aboot some gossip at the club. There wis always somebody daen somethin' that spread its way roon the place like wildfire. Ah must've taken 'er by surprise.

"Oh…it's yirsel Son. We jist goat finished up, didn't we Mary?"

"Aye, jist a few minutes ago. How yi daen Billy?" said Mary, wi jist a hint ay sympathy in 'er voice.

"Daen no bad Mary. How aboot yirsel?" ah asked, jist ootae courtesy, really hopin' she didnae see it as an open invitation fir a long-winded rant.

"Cannae complain Son, cannae complain."

Result.

"Wir yi jist aboot tae walk hame?"

"Naw, ah wis gonnae wait fir yi. It wis a bit stuffy in there wi the cigarette smoke. Mary n me wir jist checkin' oot the upcomin' fixtures then we wir gonnae have a seat oan wan ay the benches fir a wee while n watch some ay the bowls, but we can head back tae the hoose the noo if yi'd like?"

"Naw, ah'll sit wi yi. Ah could dae wi a wee rest."

"Aye, yir cheeks are lookin' a bit flushed. Too much runnin' aboot or too much bevvy?"

"A bit ay baith tae be honest," ah said, feelin' ma face. Ma cheeks wir roastin'. 'Buckfast heats yi up fast' should've been the real jingle, although Big Slim's version wis certainly mair amusin'.

"Did yi have a good time wi yir pals then?" asked ma maw as we grabbed a spot oan the bench under the main windae ay the clubhouse; Mary oan the left n ma maw in the middle.

"Brilliant. Ah really enjoyed hangin' oot wi them again."

"That's great Son. Did yi kick the baw aboot at aw?"

"Aye, we had a wee game."

"How did yi dae playin' against them?"

"Good," ah replied wi a smirk.

"Ah knew yi'd be good, ah jist knew it. Did yi win?"

"Well, aye, but it wis jist a wee friendly kick aboot."

"Mibby so, but ah bet yir confidence is sky-high noo. Ah knew things wir lookin' up. Ah could tell fae watchin' yi in the back gairden that yi still had it. Yi really should think aboot gettin' in a team again."

The smile wisnae disappearin' aff ma face.

"Aye, the confidence is through the roof. Turned oot tae be a good day. Mibby ah should think aboot playin' regular again. Ah amazed masel really. Ah think ah'm jist as good as a wis before."

Ah meant every word ay it anaw.

"See, ah knew it. Ah telt Ryan that wis the case."

Ah laughed, jist excited wi everythin', but it swiftly turned tae confusion. Ma maw saw ma emotions change n hers altered anaw, colour drainin' right oot 'er face.

"Whit dae yi mean yi telt Ryan ah wis as good as ah wis afore? Yi never said anythin' like that tae Ryan when we bumped intae him."

She bowed 'er heid.

"Awright, yi goat me, ah'll come clean. Ah phoned n spoke tae Ryan earlier the day. Telt him yi wir still a bit doon but ah'd watched yi playin' oot the back n that ah thought yi wir as good as yi ever wir, but yi jist needed tae realise it yirsel. Ah said tae him ah wanted tae git yi oot the hoose n playin' some baw. Yi needed it Son, yi needed tae see fir yirsel against some competition. Ryan knew whit time ah wis plannin' oan leavin' fir the bowlin' club."

"So him bein' at the wine shop when we saw him wisnae a coincidence?"

"Ah'm afraid no. Ah hope the boy wisnae hangin' aboot the doorway ay the shop too long; we wir runnin' a bit behind ma original schedule."

"Yir wan sneaky wummin, in fact you n Ryan are a pair ay sly foxes," ah said, shakin' ma heid but still smilin'. Ah couldnae believe ah'd been conned.

Ah thought back. Haha, aw the boys knew whit wis happenin'. Gangsters. They'd played it well the bunch ay actors, mibby wiy the exception ay Big Slim. Ah wondered how he knew it wis me fae as far away when ah'd goat tae the park. At the time though ah never even considered that a plan might've been in place.

"Yi mad at me?"

"Ah could never be mad at you Maw," ah replied, reachin' n givin' 'er a kiss oan the cheek.

"So yi'll think aboot playin' fir a team again?"

"Maw, it's pretty much aw ah've been thinkin' aboot since the walk back tae the club. Ah'm gonnae look intae it n see if there's any trials goin' oan wi any ay the teams in the area."

"Yi've made ma day ma boy," she said, gettin' aw emotional as usual.

"Anway, did yi win at the bingo?" ah replied, changin' the subject afore the tears started tae flow.

"Eighteen pound," she said, perkin' up as she rubbed 'er eyes wi a paper hanky. "Mary's up anaw. Whit wis it Mary, a tenner fir yirsel?"

"Eleven quid actually ," said Mary aw proud, like the extra pound made aw the difference.

"That's magic. So, noo that yir flush Maw, n the fact yi lied tae me the day, does that mean yi'll be treatin' me tae somethin' fae the chippy oan the way hame?"

She laughed n rubbed the back ay ma heid.

"That's the least ah can dae Son, whitever yi want."

"Special fish supper?"

"Ah'll even throw in a portion ay curry sauce fir yir chips if yi want."

"You're the best Maw."

"If ah'm the best Son, it's cause you bring oot the best in me."

WAN LANG JOURNEY

It wis tremendous how far ah'd came oan. It didnae seem aw that long since ah'd woke up in that hospital bed realisin' ma leg wis gone fir good, suicidal thoughts floodin' ma bewildered heid. Sure, life wid never be the same again, but at least ah had wan. There wir hunners ay parents n brothers n sisters who'd been left wi nothin' but memories n a granite heidstone tae lay floowers oan n talk tae. Life wisnae whit ah wanted it tae be but ah had tae put masel in the shoes ay aw the unfortunate families ay fallen soldiers, every day ay the week. It kept me oan an even keel.

The nightmares were subsidin' a bit, but still snuck up oan me jist when ah figured they'd finally been put tae rest. It had been a horrific ordeal though n ah doubted they'd ever permanently end. If only there had been a way tae control yir dreams, filter oot the bad shit, lock them in some obscure compartment ay the mind yi didnae need tae use n replace them wi thoughts ay bein' some invincible superhero that couldnae be touched by man nor beast. Ah wished. Life wis life though n yi had tae take the bad wi the good. Ah'd found that oot the hard way.

Physically ah might've been comin' alang, but mentally an element ay me wis still in the crapper. Who wid've thought a chick dumpin' yi wid've had as much ay a detrimental impact as losin' a limb. Ah wis an idiot. Even afore ah went tae war ah had a notion that me n Charlotte wirnae really meant tae be. How often did a posh burd n some workin' class guy make it long-term unless the fella had come intae some serious cash? Christ, ah didnae even have a car. The few times ah'd been inside her hoose had only made me feel mair inferior: big TVs in jist aboot every room (her auld man even had a wee flatscreen in the tap corner ay the shitter so he didnae miss any fitba action when squeezin' oot a turd), fine artwork decoratin' the walls, as well as every appliance in their enormous kitchen bein' that stainless steel stuff (ma maw didnae even have a microwave, n only three ay the four burners oan the cooker had worked fir as long as ah could remember).

Ah should've been prepared fir the inevitable, we wir too dissimilar, n tae be honest, if she'd broke up wi me under different circumstances it might've sat a lot better wi me. Jist don't dump somebody fir becomin' a freak ya heartless bitch!

Ah loved 'er though. At least ah wis gettin' back oot noo n again, albeit sittin' in the pub masel as far away fae anybody as possible, suppin' oan pints ay lager n Guinness, thinkin' aboot her n wonderin' whit might've been. Oan reflection her personality wis pretty shite, but at the same time ah wisnae exactly as smart as that Stephen Hawking's (although ah wis a bit closer tae a wheelchair since ma accident). It wis probably the sex. She wis intense. It always felt good n ah knew it wis always oan the menu. She wis right intae oral; a trait many burds – in ma limited experience – wirnae that intae. Some lassies ah'd had conversations wi wid've been happier lickin' rat poison fae between two blistered toes than puttin' a boaby tae their lips. No Charlotte. Nope, ontae ma nob like it wis an ice cream cone. She wisnae intae that sixty-nine patter yi see a lot in they dirty movies though. Wisnae intae that at aw. She said she wisnae against them in general or anythin' like that, jist that she goat so intae a tongue oan 'er fanny that she couldnae concentrate oan daen anythin' at the same time, said she wis scared that if we wir goin' at each other at the same time she might get carried away n bite doon wi 'er teeth if she had an orgasm. That wis enough fir me. Gums roon the auld shaft wis wan thing, teeth marks followed by me screamin' like a toddler wir not on. Compromise it wis. We'd dae each other wan at a time. She always wanted tae go doon oan me first, said it goat 'er aw worked up n right ready when it wis me takin' ma turn.

Total result fir me. She had quite the technique so ah rarely lasted long enough tae cover the adverts durin' a programme oan STV. She'd last much longer (long enough fir tongue strain), which again wis a total result. By that point ma tadger wis awake again, ding ding round two, ready fir the main event. If only ah'd insisted oan her goin' doon on me efter ah wis done wi her. The relationship wid've been done afore ah'd had a chance tae fall fir her. If ah'd finished in 'er mooth n wisnae immediately ready fir full throttle ah'm sure it wid've pissed her aff enough tae look elsewhere. Wid've saved me a broken heart.

Ma heid wis botherin' me though, n far beyond the Charlotte drama. Ah'd become a hermit, a bear in winter months. Ma pals, ah'd alienated them. Ryan, Jimmy, n Big Slim had been at the door shortly efter ah'd returned fae Afghanistan n ma maw had turned them away, tellin' them ah wisnae ready fir visitors. They stopped comin', so it wis good tae have caught up wi them fir a wee drink n a kick aboot. Ma army pals had been oan the phone oan several occasions. Ma maw had come intae ma room tae tell me, ah'd pretended tae be asleep. Ah never goat back in touch, n they eventually stopped dialin'. Mibby ah'd make it up tae them aw soon, phone them up n see if they fancied a pint. Aye, that's whit ah'd dae. Ah jist hoped ah stuck wi that plan; ah wis an awfy man fir ma mood swings.

Ma first visit tae physio at Ross Hall hospital wis a nerve rackin' experience. At first ah didnae want tae go, preferrin' the option ay lyin' in ma bed, curtains shut, n feelin' sorry fir masel. Ma maw wis havin' none it though, stormin' intae ma room n flingin' the curtains open like it wis Christmas mornin' back when ah wis a wee boy. The light flooded in, nearly blindin' me; ma teary eyes takin' a while tae take tae it.

"Let's git yi ready. This is the first day ay the rest ay yir life. A new beginnin' son, so git up n let's git goin'," she said, big grin oan 'er face n an enthusiasm ah hadnae seen in a while.

"Ah don't think ah'm ready fir this yet," ah replied, tryin' tae dry ma eyes so she couldnae tell ah'd been greetin', but ah figured she probably knew; it wis pretty much aw ah'd been daen since ah'd goat back tae Scotland.

"Enough Billy, yir ready awright. Noo, come oan n stop feelin' sorry fir yirsel. This is jist whit yi need. You'll see. Ah'll bet yi aw the money ah've goat that yi'll feel a lot better efter yir first session."

"Ah don't think anythin' could make me feel a wee bit better never mind a lot better."

How wrang ah had been.

CHARLOTTE - INSIDE THE MIND AY THE COW

Had I felt bad about dumping Billy? Hell no. He had been *a doll to look at, but I'd only decided to see him beyond the initial one night stand as a way of pissing off my dad. Oh how that had backfired. Anyway, even had my initial intentions been legit, how could I have been expected to be seen in public with a cripple? Not good for the image at all. The last thing someone with my looks and background needed was gossiping behind my back of a derogatory nature.*

Looks were always important, but I liked nice clothes, lavish food, and warm climates, so money trumped all attributes. Mentally I was as tough as nails, well, on the outside anyway, and from what I could tell I must've been carrying off the façade wonderfully well. I was always receiving commentary like "I wish I was as strong in the head as you, Charlotte," and others of that general nature. It was all a pretense though. I was hot on the eye, that much I knew, compared constantly to Paris Hilton, and as a result, I'd always been the one doing the dumping and had never been on the receiving end. That was until I met Campbell McKenzie.

It was a Saturday night at the Zeppelin nightclub in Glasgow city centre. Ashley, Fiona, and myself had bypassed the entry queue (that was about the length of Sauchiehall Street) like we always did, gently pecking each bouncer on the cheek before heading directly to the main dance floor. We were regular fixtures in the place and had never paid the entry fee. That night was special though (everyone who was anyone had crawled out the woodwork) and one that took us back to our days of tearing up Space, Bora-Bora, and Eden over in Ibiza; Judge Jules was performing a two hour set.

The place was bouncing. The three of us in our short dresses danced our arses off, giving it our all, pulling every fancy move we had in our repertoire, hands in the air at appropriate moments and glancing occasionally to the upper deck where all the VIPs were housed, sipping on their expensive drinks. One guy, maybe mid-twenties, was perched elbows over the railing, scrutinizing the activity below. He wasn't the best looker I'd ever seen but there was an aura about him that was difficult to ignore. What he lacked in the looks department was neutralized by his fashion sense. I couldn't tell for sure, but the black jeans with the fine white pinstripe were almost certainly Armani, and his pristine white shirt with the shiny silver buttons screamed Hugo Boss. He had cute fair hair with the kinda messy and spikey fringe. I liked that look. All in all not bad, but he did have a nose on him that Barry Manilow would've poked fun at, but the smell of money was overpowering, so all was good.

"Stalker at eleven o'clock," said Ashley, out the side of her mouth liked a failed ventriloquist.

Fiona looked around at floor level, seeing nothing but a sea of sweaty heads. Ashley raised her eyebrows and threw her shoulders back a little, timing it with the musical beats, disguising its intent majestically. Fiona glanced up but her eyes jolted back instantaneously.

"Busted. He caught me," she said. "Huge nose, but must have a decent bank account being up there tonight of all nights."

"Yeah, he's pretty gross. We could almost pick his nostrils from here. Just as well his ears aren't in proportion to that monstrosity or he'd be able to hear every word, even over the music," replied Ashley.

We laughed, but I knew Ashley was interested in him. We were very similar, all about the potential rewards. I loved her but she was such a bitch. I could read her like a book, painting a negative picture of this guy, an over exaggerated one in an effort to throw Fiona and myself off the scent so she could dive in there at an opportune moment. I knew it for a fact because I played the same games.

Judge Jules wasn't set to begin his set for another hour or so and a young local DJ was doing the warm-up set, and a fine job he was carrying out, going all old school 90s stuff. Paul van Dyk's "For An Angel" was gently melding into Chicane's "Saltwater" and Ashley decided it was time to powder her nose. Fiona was in full agreement. Me, not so much.

"I'm good right now. I'll meet you at the bar. Hopefully by that time I'll have hooked in a few suckers that'll happily spring for a few rounds of cocktails," I said, hoping the intended sincerity came flooding through.

It must've. No obvious glitches. Not even the the slightest of grimaces or suspicion, just nods of contentment and off they trotted.

I worked quickly, moving over to the edge of the dance floor close to the roped off steps leading up to the VIP area. A bouncer by the name of Biffy — who we knew fairly well — meticulously manned the stairs. He smiled, but absolutely zero indication that a free pass to the promised land was on the cards. It was an exclusive night, money traveling from all over the country, and I figured he was under strict orders. I returned a forced half smile.

I peeked up again, and like clockwork, the intriguing guy with the big beak was locked in on me. Our stare lingered for a second or two before I looked away, deliberately fiddling with my blonde locks and tossing them behind my ear as I stared down at the floor. I counted to five and looked up again. He was gone, nowhere to be seen. Shit.

"Looking for anyone in particular?"

I almost jumped out of my clothes, the words whispered directly into my ear. It was nose guy, all up in my business, flirty eyes definitely undressing me. Holy shit he could move fast. I doubted a cheetah would've tackled the stairs as swiftly.

"I was looking for you. I thought you were checking me out, and here you are, so I guess I was right," I replied, surprisingly keeping my cool.

"Feisty, I like," he said, maintaining the seductive stare.

Up close his hooter was enormous, but his piercing blue eyes were sexy, hypnotic even. His cologne was delicious. I wasn't totally sure what it was, but it was fruity enough for me to contemplate sniffing the side of his face.

"You're not exactly backwards at coming forwards yourself."

"Nope, never have been and never will be. So, would you like to join me and my friends up in the VIP for a few drinks?"

Bingo. Checkmate. Game set and match. It was like shooting fish in a barrel.

"Sure, but I'm here with my two friends. They're…"

"Right behind you," he said.

And there they were the little sneaks, big white smiles painted on.

"Campbell," he said, extending his hand beyond me and Ashley and Fiona gladly accepted the introduction.

"Charlotte," I said, holding my hand out.

He wasn't nervous in the slightest, palm dry as a bone, engulfing mine, but gentle and caring. He spoke beyond me again.

"I was just saying to Charlotte that I'd like you all to join me and my friends up in the VIP tonight. Is that something you girls might be interested in?"

We all knew that playing it cool was a necessity to success and way better than bellowing "TOO RIGHT WE'RE INTERESTED" in an excited tone. Like me I had little doubt they were also doing mental cartwheels, but we were all well trained. Ashley casually shrugged her shoulders and Fiona gave a similar nonchalant motion.

"Sounds good," I said.

"Perfect. Let's go then," he replied, turning and heading towards Biffy who was still guarding the roped off stairs like the Crown Jewels were on the top level.

Campbell said something to Biffy and the chiseled brute unhooked the rope immediately and we all filtered past, no questions asked, just a pleasant comment of "have a nice evening ladies." Life was all about who you knew, even though we knew nothing about this guy Campbell.

Now, we'd all been in the VIP area before, on less prestigious weekends, but nothing much had changed other than the clientele and additional female wait staff ensuring glasses were topped up. And were they ever, charging around relentlessly in their tight black shorts and matching tops no bigger than bikini cups, cleavages bursting out, but they were no doubt hustling for tips. There was a lavish bar towards the back wall. It was cool to look at. Water cascaded down a massive rectangular mirror on the wall, one of those fancy fountain effects. The bar top was a crescent shape, a black marble pattern weaving through the solid white granite. It was all *pretty extravagant but the owners of the place were loaded and not scared of splashing out. Funnily enough the bar itself was fairly quiet, mainly waitress traffic keeping the young male bartender on his toes. One or two patrons stood, elbows on it, but the majority of folks sat comfortably in the red leather armchairs and two-seater sofas that littered the entire area. It really did create a chilled out living room feel.*

We eagerly followed Campbell who headed towards a rowdy group in the far right corner who hollered his name; they'd obviously been there a while. Ashley dug me gently in the ribs. I knew it was a nudge of excitement. The group we were honing in on was all male. Now, we could always beat out most female competition should there be any, but it was always nicer when there were no bitches being potential speed bumps.

Campbell's friends were a good looking but arrogant bunch, private school upbringings for sure. The obligatory introductions were made and I watched as they thoughtlessly ogled us up and down, leaving no inch unexamined. Two lads, Philip and Alastair, hastily removed themselves from one of the two-seaters and delicately guided Ashley and Fiona into their previous position, then took roost on adjacent armrests, prime positions to peer down at the girls protruding breasts.

I stood by Campbell and snatched a glass of white wine from a passing tray. The atmosphere was electric but the trance tunes in full effect added a relaxed and chilled out element. We both got acquainted, going through the mandatory background bullshit before moving on to something of a little more substance. He had a lovely smile, teeth perfectly aligned and they dazzled under the ultraviolet lighting. His voice was polite and deep, extremely pleasant on the ear, and I barely paid any further attention to his Roman nose. In fact it was kinda growing on me (no pun intended).

"So what about the job front, Charlotte, anything exciting going on there?"

"Luxury real estate. Family business. Well my mother's business really. Dad's an accountant."

It created the impression of success and a well-to-do family. The latter was certainly true and although technically I wasn't fibbing, I refrained from mentioning I basically answered the phone in Mum's office. Campbell nodded like he was impressed, probably envisioning me showing million pound properties to posh clients, using my looks to seal deals with prominent businessmen and bagging busloads of cash from the juicy commissions that went hand-in-hand. I made good money, but it was all from Dad depositing a healthy allowance into my account. Who was I to burst Campbell's bubble though?

"What about you?" I asked.

"Very similar actually. Family business involving property management as well as development. Hotels and resorts. I'm company director. My father is the big cheese. We own a chain of hotels all over the UK really. Mainly east and west coast locations but we do have a few other places where the scenery is a major factor: Fort William, Pitlochry, and Windermere in the Lake District. We're actually expanding as we speak though, into Italy and the south of France, and we're currently working on a deal for a golf resort in the Swiss Alps and one just outside Shanghai, China of all places."

Flashback!

Scottish news.

Interview with businessman.

Grey hair, huge nose.

Considerably older, but spitting image.

I almost peed my knickers.

"Is your dad Fraser McKenzie?"

"That's him."

"The Fraser McKenzie, founder and owner of the McKenzie Group?"

"Guilty."

Jackpot!

"That's fantastic," I replied calmly, masking my excitement, but this was colossal. The party inside my head was easily overshadowing the events in the club. "Do you enjoy your work?"

"It pays the bills," he said, smirking before taking a swig from his bottle of Bud.

It was incredible. It was like his nose had now shrunk into a cute little button version. Pound signs replaced his beautiful blue eyes. Rich didn't even begin to describe the McKenzie family. I excused myself and headed for the bathroom, locking myself in the first cubicle, sitting there and searching the internet on my phone for "net worth Fraser McKenzie businessman". I was glad I was sitting down or I might've keeled over. An exact figure wasn't quoted, but a green arrow pointing upwards followed by "one billion" was as precise as I needed to know. My hand covered my mouth, suppressing the urge to yell out in ecstasy. Then panic set in. I'd left Campbell alone. Ashley or Fiona had probably jumped into my shoes the second the bathroom door had closed behind me. No way. Those little sluts. I skipped the hand washing, something I always considered a big no-no.

I breathed a sigh of relief. I spotted Campbell on his own, having moved away from his friends, leaning over the balcony where I'd originally spotted him. Ashley and Fiona were where I'd left them, flirting like crazy with Philip and Alastair, who had retaken their seats on the sofa, the girls now perched in their laps, giggling and sipping champagne. Haha, they had no idea who Campbell was. They'd be kicking themselves when I took pleasure in spewing the details.

"Everything OK?" I said, creeping up beside Campbell.

"Yeah, all is good. To be honest with you I'm not much into clubbing."

"Me neither," I lied.

"Do you like sushi?"

Yuck!

"Love it."

"Do you fancy getting out of here? I know a smart little place in the Merchant City that stays open real late. We could go grab a bite and take it from there."

"Sounds lovely."

"Great stuff. Do you want to say goodbye to your friends?"

I glanced over. Ashley's lips were locked to Alastair's and Fiona and Philip were now nowhere to be seen.

"Nah, let's just go. I think they'll be just fine."

He looked over and laughed. I giggled also, but I was just happy with myself.

A couple of months passed and our relationship was in full bloom. The contents of my closets had increased exponentially and my suntan was golden brown following an impromptu five day trip to Monte Carlo. I felt like royalty.

Dad was my new best friend, letting me cut down on my time at Mum's office while simultaneously doubling my allowance. Funnily enough that had materialized after a family dinner at Campbell's parents place.

Now, we were pretty wealthy, but virtually tinkers in comparison to the McKenzie's. We had no security gate to pass through in order to enter our property, our driveway didn't involve an additional two minute journey before arriving at our front door, and we certainly didn't have a butler who cheerfully greeted guests as they entered our premises.

Both sets of parents got on like a house on fire as we tucked into the lavish spread that decorated the dining room table. Campbell and myself played footsie as the mums nattered about their common tastes in junk TV shows and the dads sipped on expensive Scotch as they exchanged golf stories and humourous anecdotes about the game they both loved.

Dad was on cloud nine that night as we drove home, talking non-stop about Fraser and how he felt like they'd known each other for years and beaming about the invitation he'd received to join him in Switzerland to be his partner in the pro-am of the European Golf Tour's Swiss Open (his company was sponsoring the event). Dad really was like the cat that got the cream. If it hadn't been as late I was sure he would've been straight over to the golf club to brag and gloat to all his buddies right there and then. The following morning though he was down at the clubhouse in all his glory, spouting the news to all who occupied the lounge, whether they wanted to listen or not. If only he'd waited a couple of days.

I was bored out of my skull as I finally hung up the office phone; some woman inquiring about a property in Bothwell that was clearly beyond her budget. I gave Campbell a quick call. He would brighten up my day and I could let him know how much of a good time my parents had with his folks. I smiled as his phone rang, but joy turned to confusion as a female voice answered.

"Oh, sorry, I must've dialed the wrong number," I said, wishing I'd just used my mobile.

I heard a male voice faintly in the background, and then it spoke to me.

"Hello."

"Campbell?"

"Oh…hey…how you doing?"

"Who was that?"

Silence.

"Campbell, who was that?"

"Eh…just a friend."

"Where are you right now?"

"At the office."

A bell began to chime. I glanced at my watch; it was 4:00 pm. He lived in a top-floor flat in the city centre. From his skylight you could see the huge clock face on the Tolbooth Steeple. The lying bastard was at home. Another woman was in his house.

"Bullshit, I can tell you're at home."

More silence. He knew I'd put two and two together.

"Is this a friend with benefits?"

Please say no.

The continued silence said it all. I felt sick to my stomach.

"Look Charlotte, you're a great girl, I love spending time with you, but I thought you knew we weren't an exclusive thing. I'm sure you've been seeing other people as well."

"No I bloody well haven't. I'm coming over. We need to talk about this, Campbell."

"Don't bother Charlotte. I feel like you're smothering me. I thought we were just having a bit of fun. I think we should just call it a day."

"Are you breaking up with me?"

"Yeah, I guess I am."

"Over the phone?"

"Why not. No point in dragging it out any further. Take it easy Charlotte."

He hung up. The arsehole. I wanted to call right back but my pride got in the way. Me, dumped. Me. Really? That big nosed rich twat. Without his cash he wouldn't be a skid mark in a pair of pants. Total dick. He thought we were just having a bit of fun. That I was seeing other people as well. Who the hell thinks that and invites a family over for dinner at his parent's place? Did he just like showing off his wealth? I was gutted, more than I'd ever admit to.

I sulked as I lay in my bed. Ashley and Fiona had phoned as usual, but I'd ignored the calls and texts. There was a firm knock on my door. I ignored that also. Another knock, but this time it was more of a thump.

"YES."

The door slowly creaked open. There stood my father, face on him like he just taken a Doc Martin to the groin. He walked in, stern look, closing the door behind him.

"Guess who I just had on the phone?"

"Campbell's dad?"

He was really taken aback.

"How the hell did you know that?"

"Let me guess. He found out that Campbell just dumped me so he is going to have to withdraw the offer of golf in Switzerland. I suppose he said someone along the lines of how it would be a bit awkward if he followed through with it under the new circumstances or some other crap like that."

I knew it was coming and my mind had been working overtime. I was speculating, but from his disappointed expression I had a feeling I wasn't far off the mark.

"What did you do?" *he raged, nostrils flaring.*

"What?"

"What did you do to screw things up? It must've been something."

"Are you kidding me, Dad?"

"Have you any idea of the humiliation this is going to cause me? I've informed the entire golf club about playing in the Swiss Open Pro-Am with Fraser McKenzie. I think some of the members already thought I was full of crap. I'm going to be a bloody laughing stock."

"You can be such a self-centred arse. It's always about you isn't it. You couldn't this one time take a deep breath for a second and spare a thought for how I'm feeling."

Nothing more was said. He walked out. I slammed the door behind him and started to cry.

Tensions ran high at the kitchen table the following morning. I funneled into the room, eyes half shut, face a mess (I hadn't bothered removing any make-up before going to bed and it rarely mixed well with tears), feeling like death warmed up. I'd hardly slept a wink. I was experiencing a cocktail of emotions I'd never encountered before. Was this what a broken heart felt like? Dad sat at the table, steam rising from his mug of coffee, reading the Telegraph. I caught his gaze over the top of the outstretched newspaper, but his eyes immediately returned to the fine print. Mum was buttering a couple of slices of toast. She gave me a smile but it was forced. She would never make it as an actress. Not even an inquiry about how I was feeling. Unbelievable, but then again she never took a stance against my father with anything. There was no hen-pecking in our house. Dad had obviously filled her in on the break-up, no doubt with his own twist on the tale as well as speculation of what had occurred.

"Would you like a slice of toast?" said Mum.

"No thanks, not feeling much like eating."

"Well you'd better hurry up and get ready. We really have to leave in the next fifteen minutes and I'm assuming you won't be leaving the house in that state," she replied, throwing out an insult without a care in the world. "I need to pick up some paperwork at the office before my showing at nine-thirty and I need you to man the place while I'm out."

"Mum, if you don't mind I think I'm going to stay home today. I'm feeling a bit sick."

Wow, did that get Dad's attention.

"You know Charlotte, you need to start getting your shit together. You treat working for your mother like you're doing her a favour. Now, get upstairs, wash your face, get some clothes on, and get your arse to work. There's going to be some changes made around this house. Either you treat working for us seriously or it's time for you to go find something else. I'm sick and tired of you swanning around, deciding your own schedule, while I pay you a fixed wage or allowance, whatever you want to call it, no matter how little time or effort you put in."

I was gobsmacked, standing there mouth open. I glanced at Mum, but she just looked away. I headed back to my room to get changed, tears streaming down my face.

I hated my father, well, today anyway. I was usually his little princess, but he was punishing me for the ridicule he was going to receive. There was no point in me telling him the real story. He'd likely just wonder what

I wasn't doing sexually that pushed Campbell in the direction of another woman. Mum would've listened but she would've divulged every detail to him even if she promised not to, so there was no point.

I actually worked hard – for me anyway – for the next couple of weeks, but I missed him, and all the luxuries that went along with our time together. Every time the phone rang I hoped it was him on the other end, issuing an enormous apology just as the florist delivery guy entered the office with enough flowers in hand to put stress on the knee joints. It never happened, and wasn't going to. How could he break up with me? *How dare he? I might've been putting in the hours but my customer services skills were going down the toilet. I was acceptable if a female called looking to view a home or gain information on a place, but it if was a male I found myself switching to bitch mode. I hated men. My disgust was encompassing the entire gender, not just Campbell and my father. Positive action was needed in my life; it felt like I was going insane.*

One night stand after one night stand followed, picking up good lookers at pubs and clubs, milking them for drinks before heading back to their places, getting off, then leaving with phone numbers and promises of calls the next day that were never going to happen. Take that!

This routine continued, and one night I met him, Billy Ferguson. Short little guy, buzz cut, toned upper half lined nicely with a tight fitting black t-shirt. I was like a tiger, strategically stalking my prey before moving in for the kill. Ashley and Fiona loved the new me. I was never one for being backwards, but my new care free, who gives a shit attitude, was skipping our usual teasing and "come to us" tactics.

I approached him and his two friends. They were all fairly cute, although the one with the long dark hair back in a ponytail needed to either shoot his barber or go visit a manly one for some advice. I barged in and told them I hadn't seen them in the bar before. This in my mind was hilarious as it was a pub in Uddingston that we rarely frequented. For all I knew they were never out the place.

"Aye, we don't venture doon these parts very often."

Yuk. I hated that common brogue. In real estate terms it screamed council scheme and an abundance of graffiti. The initial disgust blossomed into delight though. I planned to sleep with him for sure, but a call to him the following day was definitely going to happen, maybe even invite him over to our place. Would that ever have Dad rethinking his current attitude?

The sex had been good, although I was mindful of my usual noise levels. He lived with his mother. I couldn't really complain, even though I wanted to, as I was in the same predicament. His exact words were "don't worry, ma maw sleeps like a deid wummin. An earthquake widnae cause her eyelids tae open". I couldn't fully relax, but even still, he pushed all the right buttons.

He paid for my taxi early the following morning, sneaking me out before his mother surfaced. I gladly accepted the handout even though I knew he wasn't exactly flush (he'd counted out a bunch of coins), but it was more than enough to get me out of his crummy council house estate and back home to safety.

I called him that afternoon. He sounded surprised. Why wouldn't he? He was punching well above his weight. He accepted the invitation to come over later that night; what a shocker.

He arrived right on time. I watched through my bedroom blinds as a black hackney pulled up to the front of the house and Billy tentatively climbed out the back door, looking up at our enormous house, then back at the driver, then at the house again, finally shrugging his shoulders. He had a quick word with the driver and the car remained stationary as Billy approached the door. He was out of his comfort zone and had obviously asked for a minute to make sure he hadn't messed up the address. I was finding this great viewing.

Ding dong.

The doorbell sounded and I sat tight. I could've easily been downstairs to intercept Billy's arrival, even eliminating the need for the bell to go, but I was taking extreme pleasure in visualizing my dad's disgust as soon as Billy opened his mouth.

"CHARLOTTE."

I fought to keep a straight face as I ventured downstairs, looking particularly slutty I should add: tight blue top, short black mini-skirt, and make-up fully applied. It only added fuel to the fire. Dad was standing in the hallway with a look of horror on his face, holding the front door open,

Billy left standing on the doorstep, and my appearance only magnifying his emotions.

"Hi Billy," I said, acting extra smiley and throwing another dent into Dad's mood.

"Awright Charlotte. Ah think yir dad thought ah might've had the wrang hoose or somethin'," he said.

The slang was like beautiful lyrics. Dad was like a boiling kettle. His face was reddening and it seemed steam could burst out his ears at any moment.

"Come in. We can go upstairs."

In he stepped and we headed to my room, uttering nothing to Dad and I conveniently forgot to inform Billy of the "shoes off at the door" rule that was strictly enforced. Dad just stood there, feet seemingly bolted to the floor, with an expression that closely resembled that of a cheap inflatable doll.

We lay on my bed. Billy was rabbiting on about something. I'd throw in a nod or a "nice" or "cool" when I sensed active participation was necessary, but I was miles away, picturing the drama playing out in the living room. No doubt the TV had been muted regardless of what reality bullshit Mum had been fixated on. I loved every minute, smile on my face from ear to ear, Billy assuming I was riveted by whatever drivel he was spewing.

Billy was in the army. I did appreciate what our troops did for the country, but he wasn't for me. He was my little soldier pawn and would play his part in the game of chess between me and my father. It was just a matter of time before dad was groveling for me to get back on track, maybe even relax my working demands and even up my allowance.

My stubbornness came from my dad. He held firm and I had to keep seeing Billy. He would cave eventually, especially if it looked like things were getting serious. I hoped so. I hated being around Billy, he was just annoying. His common drawl made me want to puke. Fortunately his tongue skills were excellent and would shut him up for a while. But there was light at the end of the tunnel. He sadly informed me he was being deployed to Afghanistan. It was supposed to be sad. I wanted to start letting off some party poppers. I could feel a smirk wanting to appear so I hugged him, head over his shoulder, teeth on full display as I told him I'd miss him.

I went to his house the night before he was due to fly out. I figured I needed to out of courtesy. What a mistake. It was only my second time there – for obvious reasons – and I figured I might finally bump into his mother, but I hadn't accounted for a bunch of family and friends, each and every one of them scummier than the next. Billy had no idea of the surprise party. As soon as his mother (Betty) set eyes on me I could tell she wasn't impressed. What a cheek. She should've been over the moon. She probably hoped her son would find a council estate slapper with a mouth on her like a sailor, not a beautiful rich hottie like myself. As Betty and I shook hands she had a look of scorn as our eyes locked. By default I could feel it being reciprocated. I didn't particularly like the old cow either. It was hate at first sight. She could despise me all she wanted. I couldn't give a shit. I didn't even want to be there with any of these peasants: his cousins drinking their cheap tonic wine, uncles unshaven and missing teeth, and aunts or whoever they were, giving me disapproving looks as they munched down on cake that their fat arses really didn't need. With a bit of luck we'd never need to meet again. Come on dad, cut the crap and fold your cards.

As soon as Billy was on a plane I was out on the town with the girls. We toasted our glasses as I filled them in about telling dad I really thought there could be a future with Billy. His face was priceless. I gave it no more than a week before dad finally saw sense.

My heart sank as the news got to me that Billy had been in a major accident and had lost part of his leg. Oh my God, he hadn't even been away seven days. It would've been easier had he not made it or if he'd at least had the decency to screw himself up after my dad had submitted and I'd already mailed off a Dear John. That way I wouldn't look like a complete cow. There would no doubt be some tacky news story when he returned home. I could just see it if I ditched him now, me in the headlines for all the wrong reasons. What the hell. My mind was going nuts. A council mouth boyfriend who was now crippled. Could things get any worse? I contemplated buying a rope and a stool. I'd put myself in the predicament and it had backfired, but I had to get out. Then it hit me. Talk to dad. I could now play the emotional card, act like I gave a shit about Billy's leg and how I originally thought he could be a real long-term prospect but that I was having doubts before he left. Throw in some crocodile tears and even my hard-hearted father would have to give me some proper love and genuine advice.

I was home alone. Dad was due back in about ten minutes. Mum was out at some wine drinking get together disguised as a Tupperware party. I sliced up a couple of onions, eyes streaming halfway through the second. I threw the knife in the dishwasher, the diced onions down the waste disposal, and gave both eyes a rub. Right on cue, the front door opened and I ran out into the hallway, throwing my arms around my dad, wailing like a mad woman.

"What's wrong sweetheart?" he said, pushing me back, taking a real concerned look at my face.

God I was good. I really was crying though. Those fucking onions were stinging like a jellyfish.

"It's Billy."

The mere mention of his name was enough to bring on the loathing, but he contained it, knowing I was in some serious distress.

"What about him?" he said through gritted teeth. "What did that thug do to you?"

"There's been an accident in Afghanistan. He's alive, but he's lost part of his leg. He was chasing some terrorists or something and stood on some kind of explosive."

I continued with the sobbing, ensuring not to ham it up too much.

"Oh my God, the poor boy."

What?

"Are they flying him back here?"

"I guess after he gets out of hospital or something."

Was this some sort of sympathy for him?

"Wow, you're going out with a war hero," he said, a little sneer appearing, mind calculating.

WHAT THE FUCK!

The games ended right there. Dad was more twisted than I was. It was over. Screw the consequences, wherever they stemmed from. I didn't care anymore. Everything had spiraled out of control. The bottom line was Billy needed to be out of my life. He should've never been in it in the first place. I wasn't sure why I'd let things go this far, but I would have to tell him when he got back. Dad would come around. I didn't know what he was thinking but I knew that common sense would eventually prevail and he'd realize money trumped a two-minute flavor of the month war hero. If I quickly found myself a lawyer or accountant my allowance and casual work hours would hopefully be back in full effect.

LOCAL HEADLINES

<hr/>

THE TIN BOY

Twenty-three year old local man, Billy Ferguson successfully impressed management enough at last week's open trial night and landed a place in the Bellshill Thistle squad. No big deal you might think, but Billy is a returning soldier from Afghanistan. Still no big deal I hear you say, but if you are not sitting down already, grab a stool, chair, or whatever you can find. While in Kandahar, Billy lost his left leg from just below the knee. Yes, he plays with a prosthetic leg, some sort of high-tech metal. I would have given him the nickname of The Tin Man, but I didn't want to plagiarize ex-football star Ted McMinn, so Tin Boy it is.

If you have not watched the YouTube footage of his trial yet, fire up your computer as soon as you finish reading this article. To describe it as unbelievable and inspirational would not be doing it justice. He was the star man on the field, playing an attacking role in left midfield, scoring a fantastic hat-trick that included a curling free kick from twenty-five yards that had postage stamp written all over it the moment the ball left his boot.

Billy is a former player for Thistle; their star man five years ago before joining the army. His tragic incident in Afghanistan with an improvised explosive device (IED) looked to have ended his footballing days for good, but on last week's evidence it appears they are just beginning.

Get yourselves down to Thistle's next match on Tuesday night (located on the fields behind the Busby sports centre for those of you not familiar).

I cannot say for sure if Billy will be in the starting line-up, but based on this display and the support rallying around him, the manager will have a tough time leaving him out.

Good luck Billy, we are all rooting for you.

———

The hairs oan ma arms wir standin' oan end, like a group ay soldiers fae ma auld regiment as oor sergeant major screamed fir attention. Ah closed the local newspaper n put it back doon on the kitchen table beside ma empty lunch plate. Maw's eyes wir fillin' up. Ah figured they wir tears ay joy n she'd enjoyed me reading it tae her.

"Come here Son," she said, motioning me aff ma seat as she stood by the cooker, her "WORLD'S BEST MUM" apron fastened tightly aroon 'er ample waistline.

We hugged n 'er flood gates opened, whimperin' like a sick baby, tears spillin' ontae ma shoulder. Ah wisnae far behind 'er. Ah still couldnae believe how well ah'd played at the trial. Ah couldnae believe ah'd even goat the courage up tae go through wi it. Sure, ah hadnae been able tae use ma fake leg tae kick the baw or anythin', but even in ma earlier playin' days ah'd been aboot as useful wi ma right foot as Davie Cooper anyway.

The first match wis the night, n a wis shittin' ma breeks.

"Are yi nervous aboot the night?" said ma maw, givin' me a concerned look as she wiped away a few remainin' tears wi the back ay 'er hand.

"Naw, ah'm lookin' forward tae it."

Fibbin' bastard. Well…ah wis lookin' forward tae it. Ah figured it wid be awright efter ah goat oan the park, if ah wis playin' that wis, but right noo ah wis sick tae ma stomach n strugglin' taw keep doon the ham n cheese toastie Maw had made me.

"That's great, Son. Ah'm so proud ay yi. Ah jist wish yir dad could be here tae see it," she said, tears comin' back again as she looked up tae the ceilin'. "He'd be the proudest man oan the planet. Ah'm sure he'll be watchin' over yi n protectin' yi the night."

Ah loved 'er wi aw ma heart n ah loved 'er optimism. Ah wanted tae say where wis he when that IED went aff in Afghanistan, but there wis a time n a place fir every comment. Ah hoped there wis a Heaven, n ah hoped he wis watchin', but ah knew that even if that wis the case, he didnae have any control over the game.

"Ah'm sure he'll be there lookin' over me," ah replied, lyin' through ma teeth, but ah'd say anythin' tae keep 'er happy.

"He will Son, he will. We'll aw be there fir yi the night. Yi don't mind me comin' dae yi?"

"Of course ah don't. Who's aw comin' anyway?"

"Well, me n yir auntie Morag n Uncle Teddy. Ah think yir cousins Gillian n Pamela as well, n probably Gillian's husband Jonathan if he can git away fae work oan time. Ah hope so, he's always good fir a wee bit ay banter."

"That's great, Maw, the mair support the better. Ah jist hope ah don't let yi aw doon."

"Enough ay that talk. It disnae matter how yi play. Jist go oot there n enjoy yirsel. We're aw jist proud ay yi fir daen whit yir daen," she said, grabbin' me fir another cuddle.

Ah wis happy wi the support but the pressure wis oan.

"If yi don't mind Maw, ah'm jist gonnae go fir a wee kip; jist want tae make sure ah've got aw ma energy fir the night."

"Good idea, Son. Go git yir heid doon fir a wee bit. Whit time yi want me tae wake yi?"

"Kick-aff is seven, so five o'clock wid be good."

Ah sauntered through tae ma room n pulled the curtains thegither, turnin' the place fae day tae night in an instant. Ah flopped doon oan tap ay the covers, stomach churnin' n heart racin'. Ah wisnae really that tired, but the last thing ah needed aw efternoon wis tae be thinkin' aboot the game non-stop.

"Right sleepy heid, time tae git up."

Ah opened ma eyes slowly, feelin' ma eyelashes peel away fae the crust build-up, but still too fast as the light flooded in as ma maw ripped open the curtains. Ah shut ma eyes again, feelin' ma face screw up, forehead wrinklin' like an auld man.

"Whit time is it?" ah said, eyes still shut.

"Bang on five, jist like yi asked fir."

Yi had tae love 'er. Nae doubt she'd been watchin' the clock since quarter to, wan eye oan the television n the other oan the big hand.

"Ah've awready goat the bath runnin' fir yi. Should be pipin' hot by noo, so git yirsel up. Ah've goat a pot ay homemade soup goin'. Ah didnae want tae make yi too much. Yi don't want too much sittin' in yir stomach if yir gonnae be runnin' aboot. Ah'll fire oan a couple ay slices ay toast tae go wi it. Taxi's booked fir six o'clock."

She really wis amazin'. Attention tae detail second tae none. Ah'd been plannin' oan buyin' a car when ah'd goat back fae duty, but there's nothin' like losin' a leg tae slam the breaks oan that idea (so tae speak). Noo that things wir startin' tae git back tae somewhat normal ah figured ah'd git roon tae buyin' wan soon, probably wan ay they automatic wans that wir aw the rage in America. Probably a lot easier jist havin' tae use ma good leg n no havin' tae worry aboot a clutch. Wid be great tae run ma maw aboot the place like 'er ain personal taxi driver; pay 'er back fir aw she'd done fir me n save 'er a few bob as well as standin' aboot in aw weather the times she waited fir buses.

Ah propped ma fake leg up against the side ay the tub, sat oan the edge n slowly lowered masel intae the warm water. Maw had even chucked in some bubble bath that smelled like a mix ay eucalyptus n peaches. The scent darted straight up ma nose, clearin' oot any congestion that wis there. The heat felt magic as ah submerged ma shoulders, ironin' oot any stress ah wis feelin'. Deep breaths. In through the nose oot through the mooth. *Relax Weeman, it's aw gonnae be fine.* Ah wis still shittin' a brick, but the water wis daen its best tae combat the nerves.

Maw n me sat in the back ay the taxi; an auld white Ford Sierra. The wee chubby driver, slumped in his front seat like Buddah, wis yappin' away aboot somethin', n Maw wis gabbin' back tae him like she'd known him fir years. Ah'd nae idea whit they wir bletherin' aboot, sittin' there wrapped up in ma ain wee world, visualizin' the ref blowin' the kick-aff whistle, fightin' ma paranoia that everybody would be starin' at me instead ay the baw.

We could've walked tae the park, fifteen minutes tops, but ma maw insisted oan a Joe Maxi, tellin' me tae save ma energy fir whippin' Airdrie's arse (quote by the way). Who wis ah tae argue? Even if ah had, it wid've been like talkin' tae a stone dyke.

The driver pulled up next tae the changin' rooms beside the park n a nearly drapped a log right oot ma arse that wid've freaked oot a lumberjack. The place looked like the ootside ay Govan Stadium at quarter tae three oan a Saturday efternoon. There wir cameras n everythin', wi the letters "BBC" n "STV" plastered oan the side ay them.

"Whit the fuck?" wis aw ah could manage tae say, snappin' ma maw n the driver ootae whitever shite they wir rantin' oan aboot.

"Jesus Christ," said ma maw.

There wis literally hunners ay people linin' the park. Ma stomach instantly turned intae a washin' machine oan super spin cycle n a clenched ma penis tae stop pissin' ma pants.

"Ah guess the word fae the newspaper n the internet goat oot pretty well," ah said, gulpin' doon ma Adam's apple before it made an appearance in the back seat ay the taxi.

"That's great, son. Aw these people here tae see *you*."

"Here fir the freak show mair like," ah replied, almost givin' 'er a wee sulk.

"RIGHT, ENOUGH AY THAT TALK," she screamed, face like thunder. Ah wis half expectin' tae get hit wi a bolt ay lightnin'.

The driver knew she meant business n didnae know where tae look. He started fiddlin' wi his radio, but ah knew it wis jist tae keep him occupied n oot ay the conversation.

"Enough ay this feelin' sorry fir yirsel pish. Git yir heid thegither n stoap this shite," she said, definitely mad as she rarely cursed, n never twice in the space ay wan breath. "These people are here tae support yi. Ah've nae doubt aboot it. They want tae see yi dae well. Sure, a lot ay them are probably fascinated at the thought ay watchin' a guy playin' fitba wi a fake leg, but they'll be rootin' fir yi tae dae great. Think aboot aw they singin' talent shows oan the telly that ah watch aw the time. Oan first impressions a few folk might have a wee giggle aboot the funny lookin' boy fae the scheme that empties the bins durin' the week n does his karaoke in the bars at weekends, but as soon as they hear he's goat a voice that could rival Tom Jones oan a good day, they're genuinely behind that laddie every step ay the way. The night you're that laddie. Noo, go oot there n let yir play dae the singin'. Off yi go n ah'll square up the driver."

Ah'd barely opened ma mooth tae say somethin' – nice by the way – but she pointed ootside, brow furrowed, n followed it up wi the words "zip it."

The driver turned roon n wis half smirkin'. He gave me a smile n a wee nod towards the door.

Ah surrendered, opened the back door n stepped oot intae the chilly night air, watchin' ma breath float up intae the sky like the puff fae a fag.

"BILLY," ma mam shouted, before ah could git the door shut.

"Whit?" ah said, preparin' masel fir mair lecture.

"Love yi son. Go oot there n give it aw yi've goat. Ah've never been so proud."

Ah jist smiled at her n shut the door, lookin' though the windae as she reached intae 'er bag n pulled oot a hanky, buryin' 'er heid intae it. Ah turned away n headed fir the changin' rooms. Ah wis emotional enough withoot makin' things worse.

It wis even busier than ah'd first thought. People lined the entire field, three or four deep doon the hame sideline, aw shapes n sizes, auld n young. There wir big cameras anaw, stuck tae guys faces like scuba masks n resting oan their shoulders.

Afore ah knew it ah had two microphones stuck in ma face.

"Billy, David Johnston, BBC sports. Did you ever think the day of playing competitive football again would ever happen?"

"Never. Ah still cannae believe it. Ah cannae believe you guys are talkin' tae me either. Is this gonnae be oan the telly?" ah said, immediately feelin' like a total donkey fir bein' as excited, then aw paranoid that ah should've tried tae sound a wee bit posher, but if ah try n be somebody ah'm no ah jist end up soundin' like a right fud.

"Yes, there's a chance this will be on later tonight, Billy," said this David Johnston fella; a wee stocky guy, big pie face oan him n fingers like pork sausages wrapped aroon the base ay his microphone.

He fired aff another question.

"Are you nervous about playing tonight, Billy?"

Whit a card this wee baw heid wis. Wis ah nervous? Naw dipshit, calm as a fuckin' corpse. Half a fake leg, shite nearly runnin' doon the back ay ma knees, TV cameras n hunners ay folks watchin'. Ah'm jist peachy ya wido. That's how ah wanted tae answer, but held it back.

"No really, David. Ah'm jist gonnae go oot there n dae ma best. That's assumin' the manager selects me tae start the game, or if ah even git a game at aw."

Pie Heid raised his eyebrows at me like ah'd jist asked him the capital city ay Kazakhstan.

"Well we can exclusively confirm for you that you are playing and you are starting, Billy. We've already had a word with Peter Hull, your manager, and he stated you're in the line-up."

Ah'd been shittin' bricks awready, noo it wis boulders. Ma heart wis racin', but ah tried tae stay calm, hopin' ah didnae burst intae a big baw ay sweat right oan camera.

"Billy, Dick Aiken, STV," said the other reporter, stickin' his mic intae ma coupon.

Ah tried tae keep a straight face, wonderin' why he didnae change his name, especially fir TV. Ah supposed it wid stick in folks minds though, so mibby it wisnae his real name n jist used tae git him noticed and talked aboot mair.

"What are your expectations for the game tonight?" said Dick.

He wis a big Dick as well. Huge fella. Must've been aboot six feet four, but a right skinny cunt. Built like a golf club. Mair fat oan a butcher's apron. Younger guy, mibby early twenties, boney features, pointy nose, eyes close thegither, n acne scattered cheeks. Probably still got the burds though, bein' oan telly n that.

"Ma expectations? Man ay the match. Nothin' mair, nothin' less," ah said. Ah wis crappin' it big time, but ah wis serious. If yi don't *want* tae be the best yi never will be the best.

"There's obviously a lot of people out here today to see you specifically. Does that add any pressure for you?" said big skinny Dick.

"Naw, nae pressure at aw," ah said, but ah wis full ay it.

"Well, good luck Billy, and maybe we'll get a quick word with you after the game."

"Cheers Big Man."

Aff ah toddled towards the changin' room door, big nervous smile oan ma mug. Ah could still feel the cameras oan me, burnin' a hole in the back ay ma heid. A big cheer went up as ah goat tae the door marked "HOME TEAM." Ah glanced tae ma right where the pitch wis, knowin' aw eyes wir oan me. As soon as ah made eye contact hunners ay people started clappin' n shoutin' words ay encouragement.

"Git intae them Billy."

"Dae us proud Weeman."

There wis even a bunch ay boys chantin', "there's only wan Billy Ferguson, there's only wan Billy Ferguson, wan Billy Feeeeerguson…"

Ah wis in a daze. Ah wis lookin' at everyone but it wis like aw their faces wir blank. Ah couldnae focus fir aw the thoughts flyin' aroon inside ma heid. Ah jist gave them a wave n a thumbs up n disappeared behind the changin' room door.

Ah leaned back against the door, holdin' it shut, vision blurry, light heid, n pulse acceleratin'. Ah wis happy wi aw the support, delighted really, but glad tae've left it behind me, even if only temporarily. Ah shut ma eyes n took a deep breath, wan big enough tae knock oot a joint in wan inhale. Any relaxin' wis short lived as another round ay applause filled up the rectangular room. Startled, ah opened ma eyes. The other boys oan the team wir awready there, poppin' oot fae behind the wall ay the tiled shower area. The manager, wee Peter Hull, wis conductin' their claps n chants like wan ay they guys wavin' a big chopstick at folks wi violins n trumpets. Ah stood motionless. Wee Peter could tell ah wis brickin' it so came over n put an arm roon ma shoulder (we were aboot the same height), shook ma hand wi the other, welcomin' me as he did so, n took me wan by wan roon the boys fir a formal introduction.

Efter ma trial, Peter had told me a few ay the boys had been there watchin'. He'd sat me doon, tellin' me the lads wir aw brand new n that ah shouldnae have any problem settlin' right in. He'd went through them wan by wan, givin' me the scoop oan each ay them:

Graeme Cleland (Goalkeeper)
Big G tae his mates. Giant ay a fella wi the agility ay a monkey. Thin but toned. Cool heid anaw wi three penalty saves oot ay four attempts at him awready this season. Team captain. Peter described him as a natural born leader.

Les White (Left Back)
Peter said a lot ay the boys had jokingly said Les should be left back in the dressin' room. Right dry sense ay humour, but opinionated as fuck. Could start an argument in an empty room. Heart ay gold though, hard as nails, n wan helluva defender.

Scott Gow (Right Back)
P.E teacher durin' the day. Enjoys trainin' as much as some ay the boys like a beer efter a match.

Bobby Gilmour (Centre Half)
Big Boaby. A fair size east tae west as well as north tae south. Nae stranger at the drive thru windae. No the fastest oan his feet, but whit he lacked in that area wis offset by his ability tae read the game. Takes shite fae naebody.

Alec Russell (Centre Half)
Another burly fella. Him n Boaby wir the reason the team had the best defensive record in the league. Wan striker fir Airdrie Athletic had apparently said it wid be easier tae be standin' in the middle ay China n sneak roon the side ay the Great Wall than git by Gilmour n Russell.

Tam Seaton (Right Midfield)

The Legend (nickname). Whit a character. Drinks efter a match like Prohibition is jist aroon the corner, n mair than partial tae kickin' aff a sing-song efter a few jars. Top man n a textbook team mate.

Billy Ferguson (Left Midfield)

Me (duh!). Oan the left ay centre, Tam oan the right. Peter said he sacked the boy who used tae play ma position (supposedly a right disruption tae the team n a total fanny).

Chris Muir (Left Wing)

Great left peg n charges doon the wing like a greyhound wi a Red Bull addiction, baw stuck tae his boot like a bit ay chewin' gum. Super close control. Touch ay a surgeon. If his hands wir as deft as his feet he could've picked his nose wi a Stanley knife. Tremendous athlete n county cross-country champion. Often referred tae as Zola Budd; runs roon the grass park durin' trainin' in his bare feet.

Lachie McCrae (Right Wing)

Good skill but a lot slower than Zola Budd oan the left. However, power in his right leg tae rival Hot Shot Hamish (burst mair than wan or two flimsy nets in his time). Free kick specialist n team penalty taker. A crazy laugh oan him that religiously infected the dressin' room like a doze ay the flu.

Alan Vint (Striker)

The Italian Stallion. He's anythin' but Italian (hisnae even been there), but his surname originates fae there n he's quite the ladies man. Joker ay the dressin' room n a right good scrapper.

Derek Walker (Striker)

No the tallest fir a centre forward but has the ability tae jump high as a kite intae the air like a demented Jedi. Always bein' telt his middle name should've been "Sky."

We wir aw quiet as mice. Peter stood in front ay us as we sat perched oan the wooden benches; fir wance towerin' above everyone.

"Right lads, biggest game ay the season fir us so far. A win the night n we're six points clear ay these muppets. A loss n it's a tie at the tap n they'll have us oan goal difference, but that's no gonnae happen, RIGHT?"

His eyes scanned the room, face screwin' up like a General who'd yelled "IF AH SAY JUMP WHIT DAE YI SAY?"

"RIGHT," we simultaneously screamed.

"That's the spirit lads. Noo, let's keep it tight at the back, but let's no defend too deep. The last thing we need is gettin' boxed in oor ain half. Build fae the back n spread the baw wide. Let's focus the attack doon the left side. Their right back is suspect at best, so let's get that fucker oan his heels fir the full ninety minutes. When we attack, ah want you, Billy, pushin' forward tae support Alan n Derek. Tam, you hold firm between the centre line n their eighteen yards box tae lap up anythin' their centre halfs manage to clear away fae danger, n send the baw back in tae torment them mair. Noo, win or lose, one hundred n ten percent effort n nothin' less."

"A HUNNER N TEN PERCENT'S FIR POOFS," shouted Alan Vint, jumpin' up aff the wooden bench wi a clenched fist.

Aw the other boys cheered at this, me joinin' in anaw, then we aw burst oot laughin', Wee Peter jist standin' there smilin' n shakin' his heid.

"That's the spirit boys," said Peter, still smirkin', but yi could tell he knew we wir aw up fir it, n that he loved the camaraderie given aff between the bunch. "Noo, git oot there n stick it tae them."

We bundled oot the room, the door swingin' open, n whit wis left ay the fadin' light fae the night sky streamed in, like it was showin' me the way tae happier times.

We warmed up oan the park. Ah kicked it back n forth wi Alan n Derek, jist wee passes tae loosen up. Ah could hear ma maw shoutin' words ay encouragement fae the sideline. She wis right loud. No quite embarrassment loud, but gettin' close. Kick-aff couldnae come quick enough. Ah looked over n saw Ryan, Jimmy, n Big Slim next tae ma auld dear. She wis noo talkin' tae the fella oan the other side ay 'er, pointin' over at me. Ah knew she wis tellin' him ah wis 'er son. Ma pals aw gave me the clenched "git right intae them" fist ay inspiration, then laughed as ma maw came oot wi another "Git right intae this mob, Billy."

Come oan ref, let's git this show oan the road.

Ah wis buzzed. Big time. Better than a drunk buzz anaw. Cloud nine. Felt like ah wis sittin' in a throne wi a gold, jewel encrusted bunnet perched oan ma napper. Nothin' could bring me doon, or so ah thought.

Wee Peter ran ontae the pitch, in ma direction, shakin' his heid.

"Whit's up Peter?"

"Weeman, ah'm really sorry aboot whit ah'm aboot tae say. Ah'm bealin'. Their team's complainin' aboot yi, n the ref seems tae be in agreement, the wank."

"Complainin' aboot me?" ah said, really wonderin' whit wis happenin'. "Whit they sayin'? Tell me they're no sayin' ah shouldnae be playin'? Dae they think ah should be stickin' tae the Special Olympics?"

Ma blood wis beginnin' tae boil. Wis somebody really tryin' tae take this magical moment away fae me?

"They're sayin' they're worried aboot their safety!"

"Fae *me*? Ma fake leg isnae a fuckin' Swiss Army knife. It's no like am gonnae pull out a blade, or stick a corkscrew up somebody's arse," ah replied, ah bit tongue in cheek but still perplexed.

"It is tae dae wi yir leg. They're sayin' it's dangerous. Worried if somebody slides in fir a hard tackle oan yi they might git hurt. Sayin' they don't think it conforms."

"Conform wi whit? Aw the other boys oan each team wi two fuckin' legs?" ah said, startin' tae git right mad.

"Ah know Weeman. Ma hands are tied though."

The boys oan the team started tae filter over as they heard me goin' aff ma rocker. Their manager n the ref appeared anaw, lookin' aw dour n apprehensive.

"Whit's the script guys?" ah said, takin' the initiative, aw pissed aff.

The ref looked tae their manager, a boy mibby in his late thirties;

regular lookin' fella, average height, obviously worked oot, wi jet-black hair n moustache; fair tae say there wis mair than a couple ay dye products livin' inside his bathroom cabinet.

"Ah no tryin' tae be an arsehole or anythin'," said the boy; a phase that basically stated somebody wis aboot tae be an arsehole. "But ah need tae follow up oan any concerns ma players have. A few ay them jist came tae me n said they wir worried they might git injured goin' in fir a tackle oan yi. Said it wid probably be like runnin' intae an iron bar if they crunched intae yir leg. Look, ah think it's great yir oot here playin', ah really dae, but ah need tae think ay ma players safety. Ah'm no even sure if there's somethin' in the rules aboot it."

Ah wis stunned. The ref shrugged his shoulders. He only did the job oan a part-time basis so ah wis sure he hadnae fully digested every nook n cranny ay the rule book.

"Fir fuck's sake Tommy," said Wee Peter, throwin' his arms up in the air in disgust.

"Come oan Peter, you'd be daen the same if your players came tae yi wi a grievance."

Peter pondered the words, tryin' tae maintain the hardball stance, but ah could tell he wis beginnin' tae come roon tae the boy's point ay view.

"Is there some sort of problem here?" said this high-pitched voice fae ahint me, definitely a female unless it wis two fellas n wan had jist tugged oan the speaker's baws.

Everybody looked roon. Ah almost hit the flair. It wis Isabel, lookin' cute as a button by the way, decked oot in a tight fittin' rid velvet tracksuit. New haircut anaw, no too much different, jist a wee bit shorter; her straight broon locks danglin' jist above 'er shoulders.

"I've got a present for you Billy," she said, handin' me whit looked like half a leg; same shape, beige in colour, even structured wi the shape ay a calf muscle that looked bigger than the real wan ah had.

Ah took hold ay it. It wis fairly light. Ah gave it a squeeze like ah wis testin' the freshness ay a loaf ay breed at the supermarket. It wis spongy but springy at the same time, kinda like the feelin' if yi press doon oan the tap ay a quality mattress.

"Is this whit ah think it is?" ah said, hopin' like hell it wis.

"Depends what you think it is," she said, wi that wee grin oan 'er face she sometimes goat when she wis bein' a smart arse. "It fits over the top of your prosthetic. One of the hospital's physiotherapy suppliers made it for me. I had your measurement on file so it was really easy. They make them for a bunch of people with prosthetics, usually for cosmetic purposes, but they are weighted to mimic the skin, muscles, and general tissue that surrounds regular bones. I know your prosthetic is extremely expensive and it got me thinking after you had your trial. I wanted to make sure you had as much protection around it as possible to prevent any potential damage."

Ah loved the way she wis lookin' at me. Ah jist wisnae sure if it wis wan ay sympathy or whether there wis mair tae it than that. Ah didnae know whit tae say. Regardless whit she wis thinkin', it wis an unbelievable gesture.

"Thanks very much Isabel," wis aw ah could muster. Whit a prick, but ah wis genuinely stunned.

"Does this alleviate any issues you guys seem to be having?" she said, glarin' at the ref n their manager, but ah could sense mair ay the evil eye wis oan the latter.

The ref nodded. Even their boss seemed in agreement as he cast his gaze over the big sleeve fir ma leg then shook his heid up n doon.

"Ah really don't know whit tae say Isabel. Yi've saved ma life wance awready, noo yir bailin' me oot again."

"You don't need to say a word. Now, let's get this fitted on you and then get out there and give them hell."

EFTER MATCH BEERS
N BULLSHIT

———————⌘———————

The pub wisnae too busy, but still quite a few fir a Tuesday night, mainly regular punters sat aroon the bar talkin' pish, mixed in wi a few couples at tables scattered across the room. We had the back corner next tae the jukebox n baith men n women toilets. Perfect fir two reasons. Fir wan, any burds - should it git a wee bit busier - wid be trailin' by us as they went fir a slash (always good tae git a wee glimpse ay some decent fanny tae compliment a few jars). Secondly, wance yi go the first time fir a single fish yir up n doon like a whore's knickers, pissin' like a racehorse wi a bladder infection, so why be any further away than yi need tae be, particularly when a right good session is oan the cards.

We shoved two ay the big rectangle tables thegither so it looked like we wir aw sat at the same wan, half the lads oan the padded bench side against the wall, n the other half – includin' masel – oan chunky wee stools oan the other side. The exception was Wee Peter who sat at the heid ay the table.

As far as pubs went ah liked The Horseshoe (named fir its large mahogany bar shaped surprisingly enough like a horseshoe). It wis well due an upgrade, a wee lick ay paint at least, but it wis cozy. It reminded me ay ma grandma's livin' room (God rest 'er soul); auld rid carpet, creamy coloured painted walls (flakin' in different places), n black n white framed pictures ay various landmarks ay Bellshill back in the day (the maternity hospital, Belvidere school, The Miners Institute, n The George cinema). The entire place felt like the 70s or 80s at best, but it had a warm feel tae it that wis hard no tae enjoy. Who needed trendy luxuries when yi goat the tap pint ay Belhaven Best in the toon? No me, that's fir sure, n by the excitement levels ay the other lads ah had nae doubt they shared the same opinion.

"Right lads, first round oan me. Great display the night. Simply the best. The dug's peas," said Wee Peter, diggin' intae his poacket n pullin' oot a leather wallet as thick as a Big Mac.

"Fuck sake Peter," said Alan. "Wan round? Looks like you've enough cash in there tae cover the tab fir the night wi enough left over tae get yirsel a high-class hooker."

We aw laughed.

"No quite that much, but if a factor in the body rub fee ah've only goat enough fir two rounds at maist."

We laughed again. It wis a nervous laugh though, as we wirnae sure if he wis kiddin' or no. Ah glanced at Alan n raised ma eyebrows.

"You're really going oot tae git a gam aff a dirty the night, aren't yi?" said Alan.

Peter blushed.

"Wid yi keep yir voice doon. Ah don't need the whole bar knowin' ma business."

Nae laughter. Pure silence. Even a couple ay the folks a few tables away seemed like they'd stopped their talkin', quietly waitin' tae see whit came next, but no lookin' over, no wantin' tae be too obvious they wir earwiggin'. Alan shrugged his shoulders, lookin' aroon at aw ay us, then started noddin' his heid.

"Fair play tae yi, boss. Hey, yir a single man, knock yirsel oot."

Peter seemed tae relax, the blood rushin' fae his nut n back intae his body.

"Too right, Alan. Nae messin' aboot. Works oot cheaper anaw. Wis oan a date a few months back, no a bad lookin' lassie. Took 'er doon tae Bothwell tae that fancy Italian gaff wi the big windaes that look ontae Main Street. Efter the starter – prawn cocktail by the way, seven pounds ninety-five – she starts rabbitin' oan aboot services oan Sunday n 'er beliefs in God n how sex afore marriage only leads tae trust issues. How gettin' tae know somebody emotionally n spiritually tae establish a real connection afore anythin' sexual takes place is the secret tae success. Inside ma heid ah'm climbin' the walls. Ah've been checkin' oot 'er melons aw night tae that point. Raspers by the way. Oan display like a couple ay prize winners oan a market stall. Wee short skirt oan 'er anaw. It's no like it's warm ootside, but she's goat that fake tan, orangish look tae 'er legs n probably wants tae show the pins aff. She certainly wis, the wee tease, fanny lips no much further north than 'er hemline. Aw am thinkin' aboot is grabbin' the bill. Fuck the main course. It's clear am ontae plums, obviously pullin' the heid aff it masel unless ah ditch this nut n head up Hamilton Palace fir a late night drunken slapper."

Peter takes a deep breath then continues. He's oan a roll, a rant really.

"But naw, ah'm a gentleman. Ah suck it up, figurin' she'll have another glass ay that Merlot, mibby help grease up the panties a wee bit. My arse. Wid yi like another glass ay wine ah said as she's chompin' doon another expensive prawn. Naw she replies. 'Ah'm no much ay a drinker'. 'Don't like tae git drunk'. 'Mair intae ma food'. Noo, she's no wan ay they skinny model types, but definitely no wan ay they mad chunkers either, but she's slammin' doon this prawn cocktail like an Ethiopian. Time tae change the subject ah think. Whit dae yi like tae dae fir fun ah ask. 'Fund raisin' events n ah like goin' oot fir lunch wi pals efter Chapel oan a Sunday'. Yi've goat tae be kiddin' me. Ah didnae say it oot loud, but inside ma heid wis goin' mental. Chapel? She never mentioned anythin' aboot that in 'er profile."

"Her profile?" said Alan.

"Aye, met her oan wan ay they datin' sites. Pictures oan there like a right tart. Plenty like the way she wis dressed fir dinner, talkin' aboot efternoons oot wi 'er pals an aw that shite. Ah'm thinkin' she's a right goer, knickers up n doon like a yo-yo. Knickers wi a padlock oan them mair like. Waitress comes back, nice lookin' burd. Ah dives in there first, throwin' the lady orderin' first idea right oot the windae. Ah goes fir the relatively cheap cheeseburger, hopin' tae drap a big hint fir her tae pull back oan the reins a bit. Ma hole. Straight in there fir the fillet mignon, no a care in the world. The words came oot 'er mooth like she wis orderin' a sausage supper fae they chippy. Cow. Ah glance doon at the menu ah've still goat open. Twenty-one pounds fifty. Nae ice-cream or gateaux fir this cunt ah'm thinkin'. Tae cut a long story short, cost me a small fortune, drove 'er hame, no even an invite in fir a coffee, so gettin' ma baws emptied wis never a possibility. Between dinner n drinks wis nearly sixty notes, before tip n petrol money, n no even a peck oan the cheek. Right in the bin she went. The followin' day ah found this site oan the internet, seventy quid massage, happy endin' guaranteed; tasty rid haired burd in 'er early forties over in Airdrie. Been a couple a times noo. Started wi a wee wank tae finish me aff. Second visit she put the mooth doonstairs. At this rate ah'll be sinkin' the pink in nae time. Nearly as cheap as a date. Skips the dinner n talkin' shite n gits straight tae the prize."

"Ya dirty bastard," said Bobby Gilmour, grinnin' like a Cheshire Cat.

We wir aw sucked intae the story, fascinated, n oblivious tae the fact Peter hadnae even goat the first round in that he'd said he wis buyin'.

"Is that jealousy ah hear in yir voice, Bobby?" said Peter.

"Too right wee man. Ah'm married n ma birthday's no fir two months, so it'll be sixty days tae ma next gam."

That cracked us aw up, but ah figured it wis only half a joke. A lot ay the married boys back when as wis in the army had said sex goat less frequent, but the physical act ay the wife gettin' the auld gums roon the plums wis aboot as regular as a Dodo sightin' in George Square.

Alan wis chappin' at the bit, eager tae git a word in.

"Airdrie? Good lookin' rid heid in 'er early forties? Haha, ah think ah've been tae see the same burd a few times, Peter. She dis let yi do 'er efter a while. Ah wis ridin' 'er doggie, pullin' oan 'er hair, givin' 'er a few smacks oan the arse at the same time, batterin' away like Wullie Carson doon the hame stretch. She's moanin' n groanin', gaspin' fir breath. Wan furlong tae go ah pick up the pace n she jist goes wild. She crosses the finish line jist afore me if yi know whit ah mean. She's knackered, face buried intae the pillow noo, but somehow gits the energy up tae turn 'er heid aroon n look straight intae ma eyes, n ah mean a right intense stare. You know whit she said tae me?"

Alan's face is straight, expressionless, drained ay any emotion. Peter looks baffled, no sure if Alan's serious or pullin' his wire.

"Whit?"

"Yi can keep yir money."

Alan loses it, throws his heid back, roarin' wi laughter. The rest ay us follow, even Peter cannae keep a smile aff his coupon. Wir still laughin' as Peter turns roon n heads tae the bar tae finally buy the first round.

Includin' Peter there's fourteen ay us (two ay the four boys oan the sub bench joined us). Ah leave the table n join him at the bar, puttin' a hand oan his shoulder.

"Alan's quite the card," ah said.

"He's a good kid, but always goat somethin' tae say."

"Have yi shouted aw the drinks up?"

"Aye, she's oan it."

The lassie behind the bar wisnae too bad lookin'. Long blonde hair but a bit ay a burst couch fir a face. The body oan 'er wis tae die fir though; definitely never oot the gym when she wisnae workin' ahint the bar. Ah wid've.

"She'll no git them aw oan wan tray so ah'll grab wan n you can git the other."

"Cheers Billy, yir a gent," he said, glancin' doon at ma leg, probably unintentionally, as his eyes darted back up tae ma face quicker than they went doon. His face went a wee bit rid again, so ah knew ah wis right.

"Peter, don't worry about ma metal leg. If ah can bang in two goals n run aroon fir ninety minutes ah can manage tae carry a tray ay pints back twenty feet tae oor table."

"Ah'm sorry, Billy. Didnae mean tae look at yir leg. Ah'm jist impressed really. Nane ay the rest ay them offered tae help, but you did, n tae be honest you'd be the wan wi the best excuse no tae help, *because* yi've been runnin' aboot fir ninety minutes."

Actually he had a fair point, but ah could tell he wis uncomfortable talkin' aboot it.

"Anyway Peter, as well as helpin' ah wanted tae ask yi somethin' away fae the lads."

Ah could feel ma ain cheeks gettin' flush rid noo.

"Everythin' awright, Billy?" he replied, sensin' ah had somethin' oan a personal level tae ask him.

"Aye, fine. A wee bit embarrassin' really, but wid yi be able tae give me the phone number fir that massage lassie yi go n see, or ask 'er if she has any pals in the business ah could give a call if yi think it wid be weird goin' tae the same wan as you?"

"Aye...sure," said Peter, surprised, but diggin' intae his jeans pocket fir his wallet.

"Ah hate tae ask Peter, but ah'm chokin' fir a pokin'. Ma burd broke up wi me right efter ah goat back fae Afghanistan, n wi losin' the leg n aw that ah'm paranoid aboot even talkin' tae chicks. Even if ah dae git banterin' away tae wan n they don't notice ma leg due tae ma troosers, it's the only thing oan ma mind the whole time ah'm yappin'. Ah feel like tellin' them right away. Ah'd rather they bailed oot early than gettin' them back tae a bedroom, whippin' ma gear aff n then seein' them gettin' aw freaked oot. If they bailed at that point it wid crush me. The problem is ah cannae bring it up at aw. Ah'm jist feart ay the rejection. Figure if ah'm payin' fir some action they're no gonnae give a shite."

Peter's face looked sad noo.

"Here's 'er business caird," he said, handin' it over n givin' me a friendly pat oan the back.

"Cheers Peter, appreciate it. There's only so much pullin' the heid aff it yi can dae. At ma current rate ma fingers will be riddled wi arthritis afore ah'm twenty-five," ah replied, laughin', tryin' tae take the edge aff any awkwardness.

"Yi know Billy, ah really don't think yir gonnae need tae use that phone number."

He's chucklin' noo, but ah'm jist confused.

"Whit dae yi mean?"

"That good lookin' admirer yi've goat wid have yir baws oot in a heartbeat," he said, givin' me a wee wink, but ah'm as lost as Ray Charles in a hedge maze. No a scooby whit he's oan aboot.

"Yi've totally lost me, Peter."

"Yi cannae see the woods fir the trees can yi. The lassie that turned up n saved the day fir yi. The wan that had the ready made paddin' fir yir leg. Think yi said she wis yir physiotherapist."

"Isabel?"

"No sure whit 'er name wis, but how many turned up wi paddin' fir yir leg?" he laughed. "Shoulder length broon hair, cute face, smooth skin, n bright white smile."

"Aye, that wid be her."

"Billy, take the blinkers aff weeman. She's gantin' fir a bit ay Billy willy. Ah saw the way she wis lookin' at yi the night, a few times. Long dreamy stares."

"Naw, ah think yir wrang Peter. She wis ma physio. She's no gonnae be interested in wan ay 'er patients. Ethics n aw that."

"Yi still goin' tae see 'er?"

"Naw, finished up wi that quite a few weeks back."

"Ah rest ma case Weeman. Let me put it tae yi this way. No only did she show up tae watch yi the night, she turned up wi a bit fir yir leg. It wisnae like somethin' she jist popped intae Asda n picked up afore she showed up. Naw, that wis sized tae perfection, tailor made n no thrown thegither in five minutes, as well as probably no bein' that cheap. A lot ay plannin' went intae that. Yi jist don't dae things like that fir somebody yi don't give a fuck aboot."

Thoughts wir bouncin' aboot inside ma heid like crazy noo.

"Probably wis jist feelin' sorry fir me."

"Billy, yi need tae have mair confidence in yirsel. Yir a good lookin' boy, yi've goat good patter, n yir the talk ay the toon. So whit if yi've goat half a leg that's made ay metal. A good lassie will see right past that, pal. As ah said, the way she wis lookin' at yi oan tap ay the leg present tells me she thinks yir the berries."

Ah wis aboot tae reply, but the barmaid showed up wi a tray ay pints. Certainly goat me thinkin' though, n ah tried tae disguise the smile ah felt creepin' ontae ma face.

ISABEL

I love my job, a lot. Nothing gives me more pleasure in life than helping others, positively altering their mental outlook as well as the physical. Making lives better in general. I guess it isn't completely selfless, not many things are, but contributing to good in the world motivates me beyond belief, every day. *I genuinely adore getting up at the beginning of the week, even if I hear a whipping wind and driving rain battering against the windows before I pull back the duvet cover. The Boomtown Rats were never talking about me, that's for sure.*

Life is complex though and certainly nothing close to perfect. Lucky in work I may be, but lucky in love I am not, and beginning to think I never will be. Ever since I landed my dream job, fitting into it like a glove and thriving at it, relationship success headed south faster than a migrating swallow. It was like the Yin to my work Yang, as if one couldn't exist without the other. I figured given time I would find happiness, but over and over again disappointment ensued. People could be such shallow arseholes, it was unbelievable. I could handle it if there was the mutual realisation of long-term incompatibility, and even the serial cheater (who would want stuck with one of those losers), but when David called things off, over the phone no less, stating he "wasn't ready to settle down," and "I deserved better anyway," I was cut to the bone, heart torn out with a grasping fist like a cheesy martial arts film. I thought he could've been the one: handsome, intelligent, funny.

Just when I thought my roof couldn't cave in any further, it did, one night when out with friends. They virtually had to drag me out, ironically (as it turned out) aimed at taking my mind off things. I'd had a few wines and their plan was actually working. I was relaxed with the occasional hint of a smile, until I set eyes on a couple of David's friends, parked around a table diagonally across from us. Panic set in, but fortunately no David to be seen. My heart still pounded and my mood dipped again. They never noticed me. They didn't seem to be observing much, both of them about one beer short of a brewery.

Eventually our eyes engaged as they creepily scanned the females in the room like a couple of paedos surveying a playground. It appeared to have a sobering impact as their leering was stopped in its tracks and their drunken lids jolted up and fully displayed their surprised eyes. We exchanged a "hello" nod and they continued on with their ogling, or so it seemed. They were glancing back and forth, and although I'd semi-diverted my attention back to the girls, my peripheral vision picked up stares as clear as day. Sloshed they definitely were, as they openly talked about me, thinking they were being low-key, but even at twenty feet plus away, their discreet *drunken whispers would've been enough to arouse suspicion from a blindfolded Ludwig van Beethoven. 'Isabel, David said, freak, gross, she never told him, just noticed, couldn't stomach it, the bluenose with six toes'; all words I managed to pick out. The last phrase was even said like a little football crowd's chant. The bluenose with six toes. Pricks. I might not have been the strongest in the maths department, but I put all the variables together and arrived with confidence at the right answer. I lost the plot, and believe me, that takes a lot. I slammed my wine glass down on the table, much to the alarm of my best friends Elaine and Caroline. They were open mouthed, wondering what was going on, but I was up and off before either could squeeze a word out. I raced over to their table, the "don't dare fuck with me" scowl painted across my forehead that felt strangely invigorating, and I was convinced I looked terrifying enough to cause a honey badger to piss its pants. Both of the dweebs shut their mouths pronto as they saw me thumping my way across the wooden floor in their direction.*

"Having fun are we?" I snarled through gritted teeth, almost breathing fire.

"Huh?" said Keith, the shorter of the two, dark hair, fringe running

straight across the middle of his forehead like a free bowl of soup accompanied each visit to the barber.

"I just heard every word you pair of dicks said," I replied, slightly lying. I had only caught small chunks, but from the mortified looks on their faces my deduction had been right on the money.

"We weren't talking about you," said Gavin, the tall handsome one, cheeks becoming flushed, and I could visualize his nose doing a Pinocchio.

"Bullshit. I'm gross am I? I wouldn't bang either of you with a stolen pussy. Do you really *think I'm gross?"*

I was full of it. Prior to their antics I would've had my vagina on Gavin's face faster than you could've said cunnilingus.

"I don't," said bowl head Keith, now cowering back in his seat.

I'm not sure what came over me next, but the red mist obscuring my vision must've blocked all reservation. I was dressed well in my opinion; make-up applied in moderation, knee length black boots, beige skirt covering my thighs and a cute brown top that accentuated my mediocre 34B's as best it could. I yanked off my left boot and black ankle sock and thrust my bare foot onto their table, almost knocking over their half empty pints of lager, six toes on display like I was about to demonstrate a revised version of "this little piggy went to market."

"Is it really that disgusting? Feeling sick now?"

They were speechless, glancing around the room more than paying attention to my toes. The entire bar seemed quiet now; I hadn't really considered I'd be causing a scene.

"Not gross, just different," Keith finally said.

"Well tell David he's a total fanny and just lost the best thing that ever happened to him."

They nodded, like they just wanted me stop talking and go away and leave them alone. I pulled my sock and boot back on, turned to walk away, but glanced back for a final word; I couldn't resist.

"And another thing. Tell David I said he'd be a lot better in bed if his penis had an inch for every toe I've got on my foot."

Still not a word. I wasn't sure if they were scared or just dumbfounded. I headed back to Elaine and Caroline.

No sooner had I sat back down, heart racing, all eyes in the bar trained on me like laser sights, Gavin and Keith got up, necked what was left of their beers, and bolted out the front door, looking at nothing but the floor before their exit.

"Holy shit Isabel, what was that all about?" asked Elaine, nervously flipping part of her shoulder length dark hair behind her right ear.

"Just a couple of David's friends. Not sure if you ever met them or not. I heard them talking shit about me and I just snapped."

"No kidding," said Caroline. "I've never seen you lose your cool before… it was fantastic."

They both doubled over laughing.

"Oh my God, they raced out of here like a couple of greyhounds, tails between their legs. Remind me never to piss you off," said Elaine, smiling and looking genuinely impressed.

"Why did you have your boot off and foot up on the table? Your back was blocking our view," asked Caroline, screwing her face up, mentally scratching her head.

"I heard the tall one, Gavin, telling Keith that David said I was gross and couldn't stomach me. Then they started a little chant, 'the bluenose with six toes'," I said, irritatingly simulating inverted commas in the air with my fingers.

"Huh?" said Elaine.

"Yes, I am a bluenose, Glasgow Blue Crew through and through," I replied with a wink and a smirk.

"Yes, we know that part," said Caroline, eyebrows perked up so much they were almost touching her fringe.

"Yes, I have six toes, well twelve to be precise."

"No way!" said Caroline.

"Yes way."

"No way."

"Let's not turn this into one of those American dumb blonde whateverrrr girl moments please," I said, holding my hand in the air, palm pointing towards them while doing the annoying side-to-side chicken neck motion.

"Why didn't we of all people know about this?" said Elaine, now seeming a little peeved.

"You never asked."

"Right, because that's a typical random question I ask all of my friends. How's it going Isabel? Oh before I forget, I was painting my toenails this morning and noticed I have five toes, how many do you have?"

I laughed.

"It's just always been normal for me. It's not something that impacts my life physically, so never thought of bringing it up. I didn't think it was important. Anyway, it's not exactly something I'd want to stand up on a table and shout about."

"Until now you mean?" giggled Elaine; a lot of people were still staring.

"I wasn't standing on the table."

"As good as. Your foot was on it and you weren't exactly being quiet," said Caroline.

"Screw it," I said, raising my Chardonnay in toast, and we clanked glasses.

"David's a tosser. You were too good for him anyway. Now, enough of the chit-chat, whip your foot out and give us a look," said Caroline.

Elaine nodded rapidly like a three-year- old being offered a bowl of vanilla ice-cream. The girls were wonderful. They accepted and loved me whatever the circumstances.

That night in the bar had been better than a therapy session. My Polydactyly had always been something I felt I had to hide. I never went swimming, no beach holidays, and back in grammar school I'd avoid showering after P.E. classes like the plague. No, after that night calling out Gavin and Keith I vowed to be more open, call my condition out in the early stages of any new relationship, and turn it into a positive should any situation require it.

Billy Ferguson. He was that first situation. Seeing patients like Billy put my fear into perspective in a hurry. What a sweetheart, and that was my initial impression; my professional integrity was significantly challenged from that day forward.

He was so cute; his short dark hair and piercing baby blue eyes were a delight. Butterflies were a flapping. My attraction towards him was instantaneous, even before we spoke. Sure, he had no lower right leg, but that didn't make him any less attractive to me, I could see past that, perhaps not many could or would, but I wasn't like a lot of the superficial folks out there. I had my defects, and defects needed to be embraced.

We shook hands, me trying to be all composed and professional, but I think he noticed my sweaty palms. His mum was with him, nice lady, obviously worshipped the ground her son walked on, gathering the crutches he handed to her with the care of a bomb disposal expert detonating a fuse.

"Yi can take them in wi yi," she said in her rough brogue as she cradled the walking sticks.

"Ah know Maw, but noo's the time tae try walkin' mair," he replied, so cute, so innocent.

"You can join us if you'd like," I replied, wanting to make sure she knew she could be part of the initial discussion behind the curtain.

"Ah know hen, but he said tae me before we goat here that he wanted tae dae this himsel, said ah'd helped oot enough n it wis time tae stand oan his ain two feet."

No sooner had the words departed her lips she was clambering for an apology.

"Ah didnae mean literally oan yir ain two feet, Son," she said, cringing with every word.

Billy smiled.

"Ah've goat two feet Maw, wan's real, wan's metal. Still two feet. Don't worry aboot it, the last thing ah need right noo is people treadin' oan eggshells when they're aroon me."

She gave a sigh of relief and a forced smile.

"Anyway Son, ah'll leave yi be. Ah'm gonnae head back tae the waitin' room n join yir Uncle Matt fir a cuppa coffee."

Off she went. I felt bad for mother and son; no car, but it was good to see his uncle was there to help out with the transportation.

Billy walked through towards the examination bed, well, limped to be precise, obviously new to his prosthetic and little confidence in using it.

"*Take a seat on the bed Billy and I'll take a look at you,*" *I said, watching him hop up on top as I took a seat on the adjacent chair.*

"*So Billy, I managed to read your records that were sent over. I know you probably don't want to hear this, but thank you for serving our country. I'm just sorry about what happened to you.*"

I meant every word. I had real respect for our soldiers. Many of them were fresh faced men like Billy; he was just one of the unfortunate casualities. At least he was alive I thought. There was many a parent out there who would've been happy with a limb loss if it meant being with their child again. I didn't reiterate those thoughts to Billy; I was sure it wouldn't be viewed as a massive consolation.

"*Thanks Isabel, appreciate it. Yi seem like a nice girl. Ah jist wish ah could've met yi under different circumstances.*"

Me too Billy, me too. Wish it could've been after your healthy return, immaculate uniform on, medals on display, and everyone cheering you in the local bar at your surprise coming home party, our eyes meeting as people buy you celebratory drinks. We get acquainted and head off hand-in-hand into the sunset.

"*I know Billy, me too.*"

I was beginning to get a little emotional so decided it was time to switch things up.

"*So you've had the prosthetic leg a week or so now. How does it feel?*"
"*Weird.*"

"*And you've had a couple of sessions with a therapist in Birmingham, right?*" *I said, glancin' at my case notes.*

"*Aye, an auld guy doon there. He wis awright, but no much ay a personality. It still feels as weird as it did afore seein' him.*"

"*Of course it does, but my job is to make it feel natural, part of you really. Give me a few months and it's going to feel great, like you never even lost part of your real leg, as long as you're prepared to put in the work.*"

"*Thanks Isabel. Ah'm no sure if yir bein' over optimistic or no, but ah appreciate yir enthusiasm, ah really dae. Consider me yir student. Ah'll dae whitever yi tell me, n if it disnae work oot the way yi jist said, then fine, but it'll no be due tae lack ay effort oan ma part.*"

He looked relieved. He was adorable, and his working class slang was strangely charming, kind of suited his face in a way, and I felt like it added a layer of innocence and vulnerability to his current predicament. I couldn't wait to get started on our journey together.

I asked Billy how he felt mentally now he'd had time to comprehend what had happened to him and what his fears were for the future. I liked to build an emotional profile of my patients, well, those with serious life changing conditions; it helped me relate their progress back to any negative issues they'd called out and use the examples of improvement to illustrate how their advancement could knock down particular mental barriers.

Poor Billy. He was having a torrid time from an emotional perspective; there was a shopping list of concerns and challenges battering around inside his head, making every day a volatile struggle. He cited his inner pain about not being able to play football, the game he loved with all his heart. He told me he used to play junior football, how he thought back then that he might be able to make it professionally, that he'd almost had trials with a few of the Scottish Premier clubs in the past, but now that dream was dead forever. I asked him what his dominant foot was and was delighted to hear it was his left. He said his right foot was never much good to him anyway. We both managed a giggle and I tagged on one of my accidental (but trademark) snorts that sounded like Porky Pig doing a line of cocaine. That made him chuckle even more. As my flushed cheeks drained back to white I told him he might be able to play in some capacity again, but he didn't seem sold on it. To be honest, I hadn't even convinced myself.

His psychological problems ran far deeper than football though. He was paranoid beyond belief, feeling that everywhere he turned people were staring, judging him, categorizing him, and gossiping about him behind his back. My heart was bleeding. To compound the heartbreak he spoke of Charlotte, the love of his life, who'd recently ended their relationship.

"Ah know it's ma missin' leg that did it," he said, fighting back the tears. "It turned 'er stomach, ah know it. She couldnae even look at me when ah goat back, made lame excuses why she couldnae come n see me then suddenly it wis over. Finished wi a phone call by the way. Couldnae even break things aff tae ma face. Spoutin' pish aboot how she'd been doubtin' oor relationship even afore ah'd left fir the war. Ma arse."

One had to admire his bluntness.

" *Oh…then she had the baws tae say it had nothin' tae dae wi the leg, that it wis jist wan ay they things, unlucky timin', that she felt we'd grown apart, n durin' the time away fae each other she'd came tae the realization that she wisnae ready fir a full-time committed relationship. Then it wis 'it isnae you Billy, it's me,' n 'yi deserve better anyway,' n a bunch ay shite like that.*"

She sounded like a complete bitch, in fact she sounded like the female equivalent of my ex David. Billy's eyes instantly filled up with water and he bowed his head.

"It's OK Billy. It's hard when you lose someone you love. I know it's not much comfort right now, but it will get better over time. I'm a great believer that everything happens for a reason."

I genuinely felt for him. To him the entire series of events must've been like lying in the street, beaten senseless, and having the assailant turn back around and taking a shit on his swollen head.

"Yir probably right, but it's no that. Ah jist don't understand it. Why me? Ma leg ah mean. Ah've always been a decent guy, no been in that much trouble. The odd school boy incident, yi know, caught stealin' apples aff trees in gairdens n petty stuff like that, but in general ah've always been respectful ay others, ma maw n dad drilled that intae ma heid growin' up. 'Treat others as yi'd want treated yirsel.' N look whit happened tae me."

I didn't know what to say, but he was on a roll, and it seemed almost therapeutic. From his venom it appeared he'd been holding a lot inside for quite some time.

"N another thing, ah'm sick ay these people givin' me their words ay wisdom aboot it bein' God's plan fir me, n tae keep a positive attitude, blah blah blah. Easy comin' fae folks wi baith their legs. If it is God's plan he's wan sick man. Ah used tae be a believer but no anymair. Earthquakes n hurricanes killin' thoosands ay innocent people, terrorists flyin' planes intae buildings full ay folk, n guys like me losin' limbs or their lives. If He has as much control as aw these religious bams believe, how can they no see he's the Devil in disguise? It's aw a bunch ay shite if yi ask me."

I had no idea how to respond. His frankness was refreshing though. I wasn't religious either and kind of believed it was all a load of crap, but I couldn't say that, it would've been a definite ethical violation and you could never be too sure what colleagues were listening or who you might offend. Instead, I put my hand on his shoulder.

"Let's get to work Billy. I can't provide any answers as to why this happened to you, but I promise you this, I'll go down swinging trying to get you better and put a permanent smile on your face."

He looked up at me with his glassy eyes and managed a grin.

The next couple of months were fantastic. Four sessions per week were tough on him, but his work ethic was as good as I'd ever encountered. It was plain to see he'd been an athletic and gritty competitor prior to his catastrophe. He had such drive, such determination. I pushed and pushed with the walking, side to side movement, backwards steps, and a multitude of balancing and squat type maneuvers, holding positions, not only building back muscle, but building confidence and repairing a broken mind.

It was all strenuous stuff, but he was passing each test with flying colours. I could tell he knew it as well. The depressed, pessimistic, and vulnerable man I'd been initially introduced to was steadily creeping out of his shell, showing his teeth more, cracking jokes, and even throwing sarcasm into conversation every chance he got. At times I felt he was pushing me more than the other way around.

He'd even started attending our sessions on his own, taking the bus and leaving his mother and uncle behind. He said he was still a bit paranoid, feeling the eyes staring as he limped, but he knew he had to fight through it. He really was a soldier in all definitions of the word. His limp was disappearing though. It was nothing less than remarkable. I'd worked with many patients who'd lost limbs, all of whom were destined to hobble for the rest of their days, but this kid was special, resolute, tenacious, and strong-minded; nothing was going to stop him. He was proof there was no substitute in life to achieving goals than pure old fashioned hard graft.

It was our last scheduled session together. He had more work to do, but I'd taken him as far as I could. He knew the routine, the exercises, and just had to continue plodding away on his own. I was sad. I looked forward to our encounters. He'd become a friend, one for life. I loved him. I tried to deny it but it was true. The night before his visits he was all I thought about, smiling as I did, picturing us together at a Glasgow Blue Crew game, cheering the team on and holding hands as we belted out club chants during half-time. I'd lie in bed thinking about him, planning the things I'd say the next day, how I was going to fit them into regular conversation like I was just spontaneously witty. I'd dream of us making love. He was the only patient I'd ever had those kinds of feelings for. I think he liked me but he was so focused on his rehab it was tricky to say if the feelings were reciprocated. I had to remain professional though, and hated every minute of it.

Billy was soaked in sweat as our final exercise concluded. My mind wandered, picturing him in the same state, shirt off, rolling off the top of my naked body, me drenched also, panting and fully satisfied.

"Isabel."

"Hey, sorry, I was miles away," I replied, snapping out of my daydream and hoping the heat from my face wasn't translating to blushing, and evidence of some form of guilty pleasure.

THE MORNIN' PAPERS

~~~~~~~~~~~~~~~~~~~~~~~~~~

Ah walked the side ay the dusty road, sweatin' ma brains oot; the strap under ma chin drivin' ma skin crazy, pissin' me aff, itchin' like a scabby hooker's crotch. Need tae keep the hard hat oan though, it's good protection. It's windy anaw, dust gettin' blown aw aboot n it feels like ah've been catchin' half ay it in ma mooth. Ah'm dry, parched, but it's like that maist ay the time, even right efter takin' a big swig ay freezin' cold water.

Ah take aff runnin', ma legs goin' at the clappers. They wir a blur, but tae me ah wis movin' in slow motion like somethin' fae The Six Million Dollar Man. Ah wis that man, Billy "Steve Austin" Ferguson, a man barely alive. Ma left eye wis real, but zoom lens function it had, honin' in oan the trouble up ahead. The dust clouds aroon their cars wis nothin' compared tae the wan ah wis leavin' in ma tracks. Again the guys in their robes wir ontae me, back intae their vehicles n oan their way, but they wirnae escapin' this time, ah wis faster than a cheetah oan steroids. Ah saw the glint ay the edge ay the IED stickin' oot fae the dirt up ahead. Ma eye zoomed in oan it. Aye, at ma current rate n average distance per step ah wis calculated tae stomp right oan it. Nae worries. Ah wis untouchable. 'But yir the man barely alive.' Shite.

BILLY, BIIIIIILLLLLLLLLLYYY.

"BILLY, BILLY!"

Ah bolted upright, pushin' away the hands that wir oan me as hard as ah could. There wis a crashin' sound. Ma eyes opened, but it was a blur, takin' a few seconds fir ma surroundings tae come intae focus. Ah wis in ma room, definitely ma room; the big Blue Crew team poster oan the far wall wis the dead giveaway. Ah turned tae ma right, nae bedside lamp, then a heard the muffled groanin' noises. Ah looked doon n nearly shat masel.

"MAW," ah screamed.

Face buried in the blue shag carpet wis ma maw, bedside lamp oan 'er back n two or three newspapers spread oot aroon 'er. Ah lept aff the mattress withoot thinkin' (forgettin' ah don't sleep wi ma prosthetic oan) n collapsed in a heap oan tap ay 'er. Mair moans n groans, this time fae baith ay us.

"Yi awright, Maw?" ah said, heart beatin' like a drum as ah scrambled up ontae ma left leg, daen a few wee hops as a bent over, pushin' the lamp tae the side n grabbed 'er under the oxters.

"Whit did yi dae that fir?" she said as she got back ontae 'er feet.

"Dae whit?" ah replied, tryin' tae figure oot whit had happened.

Ah looked at 'er face. The under side ay 'er right eye must've hit the carpet pretty good. It was aw rid, but that shiny rid like the skin had just been singed right aff it, perhaps by somethin' like a blue shag pile carpet!

"Ah wis jist tryin' tae wake yi. It was like yi wir in a coma. Ah wis shoutin', then started givin' yi a good shake. Fir a minute ah thought yi wir deid. Then yi grabbed me n threw me. Ah wis only comin' in tae give yi the news," she said, flinchin' as she gently touched under 'er eye, then she started greetin'.

After a wee cuddle n several apologies she settled doon. Ah felt terrible. Even worse cause ah knew she wid have tae pile the make-up oan under 'er eye afore she went oot anywhere. There wis nae way she wid be headin' ootside wi the prospect ay anyone thinkin' she wis the subject ay domestic violence.

"Oh Son, it's brilliant. Brilliant news in aw the papers. Yir in the Bellshill Times, the Hamilton Voice, n even a wee section in the Record. Yi might be in mair ay them, but they're the only wans ah've seen so far. Sit doon n ah'll read the wan fae the Voice tae yi. Wid yi like a wee coffee first?"

"Please. Plenty ay sugar."

Wow, did ah need a coffee. Ma heid wis throbbin'. Ah didnae even remember gettin' back tae the hoose last night, or early this morning, whenever it wis. It wis quite the night though fae whit a recall. The pints ay Belhaven Best wir goin' doon like water. Moved ontae the voddy n cokes aboot half ten. Ma heid wis burlin' by half eleven. It wis that point the boys telt me ah'd been drinkin' doubles aw night. Sneaky bastards. A good sneaky though. A lot better than thinkin' yir oan doubles n bein' telt yir oan singles.

Maw wis gettin' the coffee thegither. Ah wis slouched back in the comfy broon livin' room armchair, trying tae find some ay the lost minutes fae the efter match bevvy session; no easy considerin' it felt like a drummer wis daen a mad solo rock routine inside ma skull.

Ah went intae a daze. Quarter tae twelve. Ah think the singin' started; Tam Seaton leadin' a chorus ay Flower Ay Scotland. We wir aw beltin' intae it. Great stuff. The whole pub joined in, no just the boys oan the team. The entire place wis bouncin'.

Then a flashback. Ah must've been lookin' a bit worse fir wear at the time. Tam n Alan wir baith lookin' at me. Ah wis lookin' back, seein' two ay each ay them. A pair ay twins.

"How yi daen Billy?" asked Tam; a wee bit ay concern oan his face.

Ah stood up fae ma stool, holdin' ma prosthetic above ma heid.

"Fuckin' legless, Tam."

Ah remember everybody pishin' themselves laughin'; Bobby Gilmour sprayin' beer aw over the table as he wis takin' a moothfy at the time, then ah turned n hopped tae the toilet, leg under ma arm. Efter that all memory wis lost, at least until ah saw the boys next so they could fill me in, assumin' they wirnae jist as wellied as ah had been.

"Here yi go, Son," said ma maw, carefully sittin' the steamin' hot mug doon oan the cork coaster oan the table beside me, n snappin' me oot ma daydreamin'.

"Cheers Maw, yir a doll."

"Sare heid this mornin'?"

"Poundin'."

"Ah figured as much. Yi wir makin' a hell ay a racket when yi goat in. Yi sounded like a pinball comin' up the hallway, bouncin' back n forth aff the walls. Ah wis surprised yi didnae knock a couple ay the pictures doon."

"Sorry aboot that, Maw. Bit embarrassin', but ah don't even remember gettin' hame," ah said, lowerin' ma heid in shame. "Ah'm no sure if ah goat a taxi or a lift wi somebody ah knew. The boys wir feedin' me double vodkas. Ah thought it wis singles."

"Don't worry aboot it, yi deserve tae let yir hair doon noo n again. Did yi have a good time then wi yir new teammates?"

"Maw, aw the boys are superb. Made me feel like ah'd been oan the team forever," ah said, startin' tae feel ma emotions brewin' inside. To be embraced in such a positive way wis mair than ah'd ever expected.

"That's great. Noo, relax, drink yir coffee n ah'll read yi the match report fae the Hamilton paper, then ah'll fix yi a couple ay bacon n egg rolls."

"Outstandin' Maw, ah'm starvin'. Yi don't need tae read it tae me. Ah'll read it wi ma coffee. Yi can jist git an early start oan the bacon n eggs," ah said, quickly followed wi a cheeky wink.

"Yir a chancer," she said wi a smile, handin' me the papers n headed through tae the kitchen.

The headline had the hairs oan ma arms aw perked up. The writer had called it 'Tin Boy Teases Airdrie Athletic Into Submission.' Ah felt warm *and* cold inside. The name wis jist another reminder ay steppin' oan that explosive device; chillin' me tae the bone, but at the same time ma heart wis bubblin' wi joy. The Tin Boy. It wis actually growin' oan me. It wis like a new identity, a fresh start, wan that seemed tae be gettin' good press. People wir cheerin' fir me, acceptin' me. Ah wis briefly lost in ma thoughts, lettin' it aw soak in. Perhaps ah wis finally turnin' the mental corner. Life seemed tae be oan the up. Mibby it wis jist meant tae be. Ah continued oan wi the article:

If I had not been in attendance at the match between Bellshill Thistle and Airdrie Athletic and seen the game with my own eyes I highly doubt I would have believed the match summary if it had been told to me.

Now, both teams were fighting for top spot in the Lanarkshire Division, but Bellshill put on a home display so clinical it created the impression of men against boys. Billy Ferguson, inside left, ran the show, keeping his teammates in a fluent rhythm like a conductor coordinating his orchestra. There has to be a man of the match, right? However, how often does that man have one leg? That might be a rhetorical question, but the answer as far as I am aware is never, until now. A standout player years before he went to war in Afghanistan, Billy Ferguson was involved in a tragic incident with an improvised explosive device or IED as they are commonly known, losing the lower half of his right leg. He returned home, was fitted with a prosthetic limb; some form of metal alloy. It is not tin, but the nickname, The Tin Boy, has stuck like glue.

Even before his accident, Billy was pretty much a left leg player only; think Davie Cooper. The only fragment of luck relating to his devastating accident is that he didn't lose his footballing leg. The evidence from his performance against Airdrie illustrated he did not need his right one. Efficiency is his game, one touch play, and pinpoint ball distribution, clearly designed to eliminate the need for unnecessary running around.

From the opening whistle it was clear Billy Ferguson was in for an unforgettable evening, gathering the ball in the centre circle, beating the oncoming Airdrie player like he was not even there, then squeezing a ball downfield and left, delicately through two opposing players - like an expert seamstress threading the eye of an needle – to a charging Chris Muir who turned inside and unleashed a bullet of a shot that was tipped behind for a corner kick by an outstretched Airdrie keeper, who I am sure was hoping his athletic participation had not been required as early in the proceedings. The tone of the match had been established.

The breakthrough was not far away. Just inside the tenth minute, a nice piece of trickery from striker, Derek Walker, just outside the Airdrie box, sapped central defender Knox into a rash tackle. Freekick awarded twenty yards out. Airdrie stacked their wall as tight as a can of sardines as cannon shot Lachie MaCrae lined up to let loose a thunderbolt, taking an almighty run; the folks in the wall physically cringing in anticipation, only to be full of surprise as MaCrae neatly dinked the ball to his left, and Billy Ferguson placed a tantalizing left foot curling shot around the static Airdrie line and high into the top corner of the net. The ball should have had the Queen's face on it; total postage stamp positioning and an effort the Airdrie keeper had zero chance of getting to, only emphasized by the fact he was stuck to the turf like his boots had grown roots, his only movement coming from his neck as he turned and watched the ball hit the back of the onion bag.

The half-time whistle sounded much to the relief of the Airdrie eleven. Ferguson and Muir had given them a workout to remember and the away side was extremely fortunate only to be down 1-0. Would the oranges and liquid refreshments during the break, and the manager's team talk be enough to revitalize their fragile state? Upon reflection of the second half the simple answer was no.

Within five minutes of the restart, Bellshill doubled their lead. Some intricate play between Ferguson and Seaton had Airdrie on their heels. A delicate lob over the central defence by Ferguson was met with a flush volley by a charging Alan Vint. Like the first goal, the Airdrie keeper had more chance of witnessing Hell freezing over than preventing the ball from hitting the back of the net.

It got worse from there; Airdrie looking as though any wind they had had been taken from their sails. On the hour mark, Ferguson added his second of the night. Looping corner kick from Muir was fisted out by the keeper, only as far as Billy Ferguson who sat unmarked just inside the eighteen yard line. He let go a crushing left foot drive, low and hard, clipping the inside of the left post before flying over the line.

The final nail in the Airdrie coffin arrived in the 89th minute. Ferguson, involved in what seemed like every piece of positive play, turned provider again, this time slipping a cheeky through ball to Walker for a one-on-one with the keeper, and he nonchalantly sent the demoralized guy in the fancy gloves the wrong way for a crushing 4-0 home victory.

The Bellshill lads received rapturous applause as they strutted off the field. It was a performance many of the current Premier League teams would have been proud of, and I have little doubt the scouts from the top clubs who were in attendance were taking frantic notes, particularly relating to Muir on the left wing, and man of the match Billy Ferguson, who turned in a controlling and dominating display in the middle of the field that I would almost compare to the great Graeme Sounness. On the night he was total class.

Ah drapped the newspaper oan ma lap n sat motionless, no sure if ah wis really awake or havin' another wan ay ma mad dreams. Ma heid bolted in the direction ay the kitchen door; ah could jist feel starin' eyes. Ma maw wis standin' at the doorway, jist lookin' at me.

"Am ah dreamin', Maw?"

"Naw Son, it's real awright."

"Ah cannae believe it," ah said, losin' control ay ma emotions, n ah mean completely. The tears n sobs squirted oot me like a burst pipe.

"Aw Billy," ma maw said, runnin tae me, pullin' me up aff the armchair n cuddlin' me.

That jist made me worse. It wis like the green light tae jist go fir it, n boy, did ah ever. It wis like a dream though. It wisnae that long ago ma life wis over, or so ah thought. Nae leg, nae job, nae hope. Noo ah wis back playin' fitba again, scorin' goals, man ay the match honours, newspaper articles wi me as the headline, Premier League scouts at the game, n Isabel, ah couldnae forget whit Wee Peter had said.

SHE LOVES ME, SHE LOVES ME NOT

————————⋙◆⋘————————

By the time ah'd munched doon ma bacon n egg rolls ah'd finally managed tae git ma emotions thegither. It wis mental though. Ah knew ah'd played a good game the night afore, but durin' the match ah wis jist oan autopilot, playin' by instinct. The Graeme Souness comparison almost had me oan the flair, n the idea ay scouts bein' at the game wis jist bonkers. Mibby they wir at aw these games n everybody wis jist findin' oot fir the first time fae the newspapers. Ah heard years back that scouts wir like spies, sneakin' in unnoticed n slippin' back oot withoot blowin' their cover.

Ah goat tae thinkin'. How wis ah playin' the best fitba ay ma life? What had changed (other than the leg, obviously)? Oan reflection, the boy that wrote the article in the paper wis pretty spot oan. Efficiency. One touch play. Runnin' aboot like a maddy wis the way ah used tae be, n a bit greedy anaw, beltin' alang heid doon, no takin' any time tae look aboot n consider ma teammates. Noo, ah could still run – a bit awkward lookin' – but no anywhere like it wis afore. It took mair energy tae gallop aboot anyway. Nae point in goin' at a hunner miles an hour n be oot ay puff efter ten minutes. Naw, bein' efficient *wis* the key, no wastin' a pass. Vision anaw. It wis like ah could see everythin' noo, no jist who wis open or available, but almost like ah could see the path the baw wid take afore a made a pass, even in a split second. Regardless if

- 109 -

ah wis right wi ma assessment or no, the entire situation wis the berries n ah wisnae gonnae change a thing.

That wis wan item oan the checklist crossed aff, noo fir the second, n wan that wis probably gonnae tax ma mental capacity a lot mair.

Isabel. Ah replayed ma conversation at the bar wi Wee Peter over n over again. Could he have been as oan the baw wi the situation as that journalist had been aboot ma fitba game? Ah hoped so. Ah hoped like ah'd never hoped afore. Ah'd never really been wan fir noticin' the signals wimmin gave aff. Ma pals always used tae rip the pish oot me growin' up, tellin' me a lassie could have ma baws in 'er mooth n a finger up ma arse n ah'd still be askin' them if ah should invite 'er oot sometime.

This wis different though. Other than the fitba game last night, Isabel n masel had only really seen each other at the hospital in whit ah viewed as oan a purely business level. Wis it jist that though? There had been mair tae oor meetings than jist the physical therapy. It had been mental therapy anaw. She had always encouraged me tae talk aboot whit had happened tae me, offerin' advice oan how tae deal wi it. How tae cope wi the negative thoughts ah wid git. Oan reflection, that wisnae really part ay 'er job description, but she seemed like she really cared n wis easy tae talk tae, a relaxed way aboot 'er that made me *want* tae confide in 'er. Wis that jist her way? Did she take that approach wi everybody or wis it jist me? Great, how the fuck wis ah supposed tae ever find that oot?

Ah dug deep, thinkin' back tae each session, back tae the first couple ay visits. She never really asked any right personal stuff early oan, but she did have a tendency tae look right intae yir eyes. They broon eyes she had wir nice; a strange light broon colour, almost like they had a hint ay copper tae them. Naw, it wisnae until a few weeks intae ma sessions that she wid throw in a few personal questions, very tactful n polite though, askin' me if ah minded if she asked me details aboot ma accident. Ah didnae mind at aw. Ah'd been desperate tae talk tae somebody that wisnae family or a close friend. Somebody impartial. Somebody yi could be mair sure wisnae jist sayin' stuff they thought yi wanted tae hear.

Then somethin' flashed intae ma mind. Ah guess ah'd always been too focused oan tryin' tae walk durin' oor sessions, blinkers oan, desperate tae master the fake leg. That n the fact Charlotte wis still inside ma heid.

It wis the day ah mastered the walkin'. Didnae need any stabilisin' fae the rail oan the gymnasium wall, n broke intae a wee jog, gettin' a bit cocky, huge smile oan ma mug. Isabel ran towards me as a headed back in her direction.

"That's it Billy, you've got it," she said aw excited, white teeth oan display, edges ay 'er mooth nearly touchin' 'er earlobes.

She hugged me tightly when she got tae me, nearly knockin' me over she wis that enthusiastic wi ma achievement, testin' ma balance like never before, but ah'd mastered it, standin' firm and squeezing 'er back; ah wis quite chuffed wi masel anaw.

It wisnae the fact she had hugged me. Any therapist might've done that, realisin' their efforts had finally blossomed. Naw, it wis the length ay the hug, fingertips dug deep intae ma back, tight pressure, then a brief release, before diggin' back in fir another squeeze. It wis like she didnae want tae let go.

Ah wis really in a daze noo, replayin' the embrace. The idea that somebody might want me in their life in a romantic capacity wis overwhelmin', particularly efter Charlotte had ditched me, claimin' it had nothin' tae dae wi the leg, but ah knew it turned 'er stomach. Charlotte wis pristine, a posh blonde beauty that couldnae be seen wi anythin' defective. Bad fir 'er image. It wid be like 'er walkin' aboot wi a designer handbag wi a glarin' hole in it. Wisnae gonnae happen.

The other thing that stuck wi me wis Isabel sharin' 'er six toe secret. Why dae that? Sure, an extra toe oan each foot wis hardly comparable tae ma monstrocity, but she clearly didnae have tae share. She certainly didnae have tae rip 'er shoes n socks aff; ah wid've believed 'er withoot that. It wis like she wis establishin' a connection, two peas in a pod. Only time wid tell. Ah jist hoped ah wisnae way aff.

The phone rang. Ah didnae move. Ah wis comfy slouched in the armchair in ma dreamy state, figurin' ma maw wid be oan the case. Third ring. Mibby Maw wis takin' a shite. Ah'd been zoned oot fir a while n wisnae even sure if she wis still in the hoose. Ah reluctantly climbed oot the chair n headed tae the front hall. Nae sooner had a pulled doon the handle n opened the hall door, the phone stopped.

"Hello," said ma maw.

Ma heid wis poking through the space ay the partially opened door, catchin' ma maw's eye as she had the receiver tae 'er ear. She put 'er palm over the moothpiece.

"It's a lassie fir yi," she whispered, wi a surprised yet delighted look oan 'er face.

Isabel. It wis true. Phonin' tae see how ah wis, mibby seein' if ah fancied goin' oot fir a wee Chinese or Ruby Murray. Ya dancer. Ma heart wis poundin' noo, thought it wis gonnae bust through ma chest n oot intae the hallway fir a visit. Ah couldnae wait tae see 'er, talk aboot personal stuff, nae mair conversations like in the hospital gym n aw that bollocks. Naw, stuff aboot 'er family, whit she liked tae dae fir fun, where she wanted tae go oan holiday, n eventually git tae kiss they lovely sweet lips. Life wis really turnin' aroon.

Ah stepped intae the hallway, nervous, but perky at the same time, well…at least fir a second or two.

"Aw, it's you," said ma maw intae the phone, 'er expression changin' fae joy tae angry n pissed aff in an instant.

She shook 'er heid as she handed the phone tae me, sayin' nothin' mair than "it's that bitch Charlotte," afore disappearin' back intae the livin' room. Ah put the phone tae ma ear. Whit the fuck did she want?

We chatted fir aboot ten minutes. Ah didnae say aw that much (ah wis paranoid ma maw had 'er ear against the livin' room side ay the door). She really had been the last person ah'd expected tae hear fae. Ah'd figured she wis oot ma life fir good. She'd crushed me, but it wis good tae hear 'er voice. It must've been; ah wis immediately covered fae heid tae toe in goosebumps n had butterflies in ma stomach.

She wis bein' right nice, startin' the conversation wi a big congrats oan gettin' picked fir the Bellshill team, said she'd read it in the papers n that it wis a tremendous accomplishment. "Proud of you," wir the words she'd used.

Ah asked 'er whit she'd been up tae, but she didnae go intae much detail, jist sayin' "same shit different day," that she wis still daen the estate agent stuff wi 'er maw's business, n that she wis still single. Ah wis a bit shocked she'd thrown that intae the mix, but wis kinda pleased at the same time, although ah didnae dare mention that. Single wis wan thing, but part ay me wondered how many cocks had paid a visit tae 'er tonsils; in ma experience she wis a right wan fir a gam. Mibby ah wis bein' harsh, but ah couldnae be sure.

She went oan tae talk aboot how she wis re-evaluatin' 'er life, how she wisnae sure if the work she wis daen wis whit she wanted tae dae fir the long haul, how the mair she thought aboot it she wis figurin' she wis jist daen it tae keep 'er maw n dad happy. Said she wis aw confused n how she wis sorry fir hurtin' me n that she hoped there wis nae hard feelins, n she wanted tae still be friends. Ah took that wi a pinch ay salt, but ah hoped it wis true. Part ay me still loved 'er. Mibby we could be n it might blossom intae whit it had been once again. Baby steps ah thought, don't git ahead ay yirsel pal.

"Ah should probably go," ah said. "Been a long day. Ah wid like tae stay in touch though, n ah appreciate yi callin' as well as the kind words."

"You can call me anytime on my mobile if you'd like, unless you've burned the number by now," she replied, pausin' slightly then a nervous giggle, probably figurin' ah might've.

"Ah've still goat it, somewhere," ah said, tryin' tae play it cool, but ah had it etched in ma heid never mind havin' tae refer tae a piece ay paper.

WAN SPICY PICNIC

Took me a while tae git tae sleep, tossin' n turnin' fir ages, so it wis close tae lunchtime afore ah finally climbed oot ma scratcher. Ma dreams had been aw over the place. The usual war stuff had me up a few times wi the sweats, but they eventually settled doon, settled right doon in fact, gettin' a wee bit oan the dirty side.

Me n Isabel wir havin' a picnic. It wis oot in the woods in Strathy Park, no far fae the arched Roman bridge that spanned The Cawder (site ay many a days swimmin' when ah wis a young boy). It wis a fine day, sun shinin', n aboot ninety degrees (yi had tae love dreams). There wis nae expense spared. Ah had the saft tartan rug laid oot perfect oan the grass, fancy weaved picnic basket, lid open, showin' aff aw the goodies: two bottles ay Dom Perignon oan ice, Beluga caviar, oysters, n a selection ay French cheese (Camembert, Brie, and Boursin). We wir sat aw snug oan the blanket, wolfin' doon the Beluga n Brie, makin' aw sorts ay groanin' noises — it wis delicious — n lookin' lovingly intae each others eyes. Ah grabbed a couple ay they champagne flutes fae the basket, whippin' them oot like a magician pullin' a rabbit oot a top hat, Isabel clappin' 'er hands when she saw them appear. Ah grabbed wan ay the bottles ay Dom Perignon, poppin' the cork aff it, sendin' it flyin' right intae the surrounding trees somewhere. There wis a loud squawk then a thud oan the ground a few seconds later; a blackbird lyin' deid right beside us. We fell back pishin' ourselves laughin', me bein' aw careful no tae spill any ay the champagne oot the bottle in ma hand.

"Nice shot," laughed Isabel. "You'd make an excellent marksman."

"Exactly where ah wis aimin'," ah replied, lyin' oot ma arse, but she knew it.

Ah poured the drinks n we quickly sooked up the foam bubbles fae the tap ay the glasses. We linked arms like they dae in the films n TV shows, swiggin' doon the expensive bevvy n still lookin' deep intae each others eyes. It wis gettin' me a wee bit excited. She licked 'er lips n pouted them at me. That wis enough fir me, firin' the rest ay the drink doon ma gullet n movin' in fir the smooch ay the century.

It wis the dug's baws. Oor tongues went at it like a couple of dueling swordsmen, baith determined no tae surrender. We tore each others clathes aff, throwin' them tae the side in a pile like we wir never gonnae need them again. We made sweet love. It wisnae sex, it wis love makin'. It wis like somethin' ah'd never experienced afore. Slow n tender, then hard n fast, then back tae slow again, aw the time kissin' n lookin' tenderly at each other. Ah couldnae believe how long ah lasted. Two minutes wis pretty impressive; tae me anyway. We lay there naked, perspiration runnin' aff us. Isabel seemed tae be ecstatic. She finished right oan the two minute mark anaw, but that had been her fourth orgasm. Outstandin' performance. Ah felt like standin' up n takin' a bow. Ah could've stood up properly anaw. Ma leg had grew back. Weird.

We kissed n finished aff the first bottle ay the champers. Ah shook every last drop ay the stuff intae oor glasses. At fifty quid a pop ah wis makin' sure ah goat every ounce. If ma heid wid've fitted doon the neck ay the bottle ah wid've licked the inside ay it.

"Mair champagne?" ah asked.

"You trying to get me drunk?" she replied, wee rid flushed cheeks oan 'er noo.

"No at aw. Ah've awready taken advantage ay yi, so nae need fir that. Ah jist feel like gettin' pished. Efter a few drinks ah get better at sex, last a bit longer. Might even manage tae git ten minites oot the next wan."

"Bring the drink on then," she said, slippin' 'er hand between ma legs fir a wee grope. Semi awready; ya fuckin' belter.

Ah grabbed the other bottle oot the ice bucket at super quick speed n popped the cork. Ah wis like wan ay they Wild West gunslingers pullin' the trigger. The cork sailed skyward like before. Nae squawk this time, mair like a scream, n a loud wan at that. A few seconds passed n again there wis a thud right beside us, much louder this time though, like somebody had just wacked the side ay a big bass drum, almost cartoon like. Lying beside us wis Charlotte, face doon. She slowly lifted 'er heid, face n blonde locks covered in dirt, imprint ay 'er features in the grass like Han Solo in The Empire Strikes Back when they freeze him. Her hair wis aw ruffled anaw, a few twigs stuck between 'er long strands.

"Whit the fuck wir you daen up there?" ah ask, lookin' aw shocked. Ah turned tae Isabel, lookin' surprised anaw, but a sexy grin appeared oan 'er face.

"I was spying on the pair of you," she said, like it wis the maist natural thing in the world tae be up a tree watchin' people.

"How long yi been up there?" ah asked, wonderin' if she'd seen everythin'.

"Well I saw your bare arse going up and down like a piston if that's what you're asking?"

"Charlotte, fir fuck's sake, wir finished, ah'm wi Isabel noo. Yi need tae git over it n find yirsel a new man. Ah think yi should git the hell ootay here."

She looked sad. Puppy dog eyes oan 'er, bottom lip peekin' oot n drappin' nearly tae 'er chin. She looked past ma face, 'er eyes brightenin' up n 'er lip reversin' back intae place. Then 'er perfectly aligned white teeth made an appearance. Ah looked tae Isabel. Whit the fuck. She wis givin' Charlotte the same look she'd gave me, lickin' 'er lips n simulatin' a kiss.

"She's cute," said Isabel, in between the lip lickin'.

"You're not too bad yourself," replied Charlotte, noo rimmin' her lips in a seductive manner anaw.

"Would you like to join us for some fun?" said Isabel, noo touchin' herself doonstairs. Ma semi wis a semi nae longer. Yi could've broken oot a maximum security prison wi ma banger it wis that hard.

"I'd love to," replied Charlotte, pullin' aff 'er denim shorts n black t-shirt aw in wan go.

"We're all going to enjoy this," said Isabel, grabbin' baith me n Charlotte behind the heid n pullin' us in fir a group kiss.

That's when ah woke up. The only true part ay the entire thing wis ma erection, stickin' oot the front ay ma boxer shorts, almost lookin' up at me wi his wan eye, beggin' fir attention. Who wis ah tae deny the wee fella. Ah rolled over, gettin' back tae the group kiss n let ma imagination take it fae there.

SHITE FAE THE COW

It was like I was having a nightmare. Billy was making all the headlines in the newspapers and a variety of sports websites, and where was I? Nowhere to be seen. How was I supposed to know this would've happened? There was no way. Even someone with precognition would've missed it. I'd thought he would've struggled to walk again or at least limped around like a gimpy pirate. Playing football again hadn't even occurred to me, and doing so on a competitive level was verging on preposterous. But here he was, the new star attraction.

I had to worm my way back in. Nothing overelaborate, but I had to be around, be inside his head in case something big happened like making it onto TV screens on a regular basis or signing a huge book deal narrating his life (that would be a huge winner – people were such saps for tales of tragedy ending in amazing feats).

I deserved to be associated with someone of importance; it was my destiny. I was born to attend functions and elaborate dinners, certainly those where cameras would be rolling. Being seen at such bashes would get me noticed, get me known, and with my looks and sophistication I'd be a household name in no time. Then I could give it a couple of months, ditch him, and claim in the papers we'd just grown apart.

Yeah, I had to remain on his mind, but not go overboard. I didn't want to start a relationship immediately. No, this could all be nothing, flavour of the month stuff, here today gone tomorrow, then I'd need to go through the hassle of ditching the spastic again.

I'd started well…I think, with the call I made after his games with the Bellshill team. If only he'd answered the phone. I was sure that old cow of a mother of his was poisoning him against me at every opportunity. Total bitch. Her tone felt like she'd just answered a call from Adolf Hitler when she'd discovered it was me.

"Oh, it's you!" she had said, or however she had phrased it in her scummy low-class brogue.

Big deal, I broke up with her beloved son. People split every day of the week. It wasn't like I said I was calling it a day because he didn't have two legs anymore. I mean, that was certainly part of it, but how could she know for sure? She couldn't, but that's what she thought. When did she become so smart? If the old bitch was that sharp she should've been a bloody doctor or lawyer or at least something other than serving up yucky mashed potatoes and sausages for lunch at some delinquent grammar school.

She never liked me that old boot. Never thought I was good enough for her son. That should've been the real definition of insanity. Me not good enough for him! Talk about who was doing who a favour.

I'd win him back though, that was certain.

TALKS AT GOVAN

Nine double-breasted suits and a single tracksuit sit around the boardroom table. The lone casual attire belongs to team manager, Walter Wallace, who has taken time away from a players training session to attend this urgent meeting. Sir Murray Davidson, club owner sits at the head of the table and glances at his watch. Club scout, Charlie "Chick" Younger finally arrives and the topic of the special meeting begins. All listen attentively.

Chick Younger:
He's a good one all right: great composure, tight ball control, vision like I haven't seen since the days of Souness and Gascoigne, super left foot, and he's got goals in him as well.

Everyone around the table looks intrigued, particularly the manager, who really sprung to attention at the Souness and Gascoigne comparison.

Sir Murray Davidson:
So why are we all here? You guys don't need my blessing on every signing. Souness, Gascoigne, super left foot. The only issue we'll be discussing in this room in the next few days will be why I don't fire you Chick. Put it this way, if he's that good and our East End counterparts beat us to the punch on a signature you'll be collecting your P45. Walter, what's your opinion on this Billy Ferguson kid?

Big Walter shrugs his shoulders.

Walter Wallace:
Murray, ah've heard as much as you aboot the kid. Chick's been right tight lipped aboot this wan.

Sir Murray Davidson:

Chick, what the fuck's the score? We've almost got the entire executive staff in here and nobody's got a clue why. Time is money. Spit out what's on your mind or get out. Let's just sign the boy, rapid fashion, as long as Walter agrees.

Chick Younger:
He's great boss, but there's a major risk.

Chick inhales deeply before exhaling loudly.

Sir Murray Davidson:
For fuck's sake Chick, spit it out man.

Chick Younger:
He's only got one leg.

Sir Murray looks alarmed, Walter Wallace's eyes almost pop out his skull like a couple of ping-pong balls, Chief Executive Martin Johnston (who'd just taken a sip from his stubby glass of Laphroaig) sprays some of his drink onto the table, and the remainder of the group don't know where to look.

Sir Murray Davidson:
Are you pulling my fucking wire Chick?

Chick Younger:
No wire pulling today Murray.

There's a tension in the room that a chainsaw would've struggled to cut through.

Sir Murray Davidson:
This had better not be one of your sick jokes Chick, if it is I'm personally going to bitch slap you out of here repeatedly until your arse lands on Paisley Road West.

Chick Younger:
Murray, I'm shitting you not. Being straight as an arrow for once. I hope you understand why I've been treading on eggshells a little. I honestly thought everyone in here would've heard of him already. He's been in a couple of newspaper articles and the YouTube video with him in it has already had over a million hits.

Sir Murray Davidson:
Chick, I don't read the papers; reporters write nothing but shite about us, and you should already know that me and the internet mix about as well as oil and water. Has everyone else seen the footage and read the reports on this kid?

There isn't a single nod from the group.

Chick Younger:
I think he's worth the risk.

All eyes zoom in on Sir Murray. The tension level is now on red. Sir Murray Davidson can relate; he only has one leg also, shark attack in the Bahamas about five or six years prior, left leg though and above the knee.

He'd been out there entertaining a couple of potential Middle East investors on his private yacht. The wine and caviar had been fast and furious, and rumour has it they were all getting a little rowdy and adventurous. They'd anchored just off the coast of Williams Island and the bottles of expensive Perrier-Jouet champagne had made an appearance, with Sir Murray throwing one overboard into the crystal clear water of the relatively shallow reef. He dived in, much to the surprise and amusement of his company. His form in the air had been great (initially); hands together with fingers pointed down and body straight, like a dart creating a forty-five degree angle with the blue surface. By the time he hit the water though his fine form had gone askew, catching a bit of chest first instead of piercing hands, water firing into the air like a drunken fat man carrying an anvil had jumped off the deck. Sir Murray continued on under the warm clear water though, fighting through the sting in his pectoral muscles, focused on getting to the ridiculously lavish green bottle. The gentlemen on the boat were too drunk and too busy rolling around with laughter to notice the large dorsal fin heading Sir Murray's way, before it disappeared down in the direction of the golden glare being given off from the neck of the bottle. It had disaster written all over it.

He was a lucky man to survive, having lost a tremendous amount of blood. If one of the business clients on board hadn't been a surgeon it would've likely been goodnight Vienna. He saved Sir Murray's life, doing enough to stem the flow and add purpose to their arrival at the Emergency Room other than dropping off a delivery for the morgue.

It changed Sir Murray's life considerably, but he was a mentally tough character and wasn't long in getting back to some form of normalcy. It was like the most difficult of challenges just plain excited him. Some said that overcoming problems – business or otherwise – created some serious movement in his trouser department. The limb loss altered him though, made him even more resolute. Some thought his increased intensity was a front, designed to institute the impression he was unrelenting whatever the circumstances, that deep down he was in emotional turmoil, but many more weren't buying that, truly believing it made him tougher than ever.

He was a self-made millionaire afterall, coming from a working class home, left school at fifteen, but by the time he was twenty-eight he owned three companies, by thirty-five he wouldn't have swapped his bank balance for a winning lottery ticket, and three years ago just after his forty-fourth birthday he found himself at Buckingham Palace to receive his knighthood for services to business across the United Kingdom (some say the shark attack and limb loss story was enough to decide between himself and Chelsea McDermott, the illustrious founder of the nationwide fashion chain, Chelsea Avenue).

Sir Murray Davidson:
Let's get the paperwork ready. Chick, get in touch with him and let him know we're interested. If he's sparking interest with other clubs, let's make sure the Green Machine doesn't get him first.

Chick Younger:
I'm almost certain he'll be ours if we want. From what I hear he's been a Blue Crew fan since he's been in nappies. He's playing for Bellshill Thistle right now. Last week was his first game and they have another home game tonight. I'll head to the match and talk with him personally after the final whistle.

Sir Murray Davidson:
Perfect. For once you're on the money. The personal touch is the way to go. What time's the match?

Chick Younger:
Seven thirty.

Sir Murray Davidson:
Tell the kid I send my personal regards. So, seven thirty…match should be done around quarter past nine or so. I'll expect a call from you around nine thirty. Curious to see what happens with this one. One leg, two legs, three legs, who gives a shite. You're either good enough or you're not. One leg never stopped me being successful and this kid deserves a chance. I'm sure he's been through a pile of crap in his life, probably got a point to prove. He's got a lot of guts learning to walk again not to mention having the courage to pull on a pair of boots, but to get to this level as well, wow. I can just tell he's got a set of marbles on him like fucking water melons. I'm loving this already. Make sure those fannies at the BBC and STV are there, but call them after half-time. If other teams weren't planning on being there for this one I don't want them getting a head start. Just tell them we have a news story for them and give them enough time to get there by the end of the match.

Chief Marketing Officer, Hamish Trump, perks up, looking extremely excited, dancing and fidgeting around so much in his leather swivel chair that his brown combover lost balance on top of his head and dangled across his finely wrinkled forehead. He flipped it back magically to its original position (he was obviously well practiced). Everyone smirked, but were sensitive enough to bite their tongues.

Hamish Trump:
This could be huge. Oh my God, there's a party going on in my underpants right now. Can you guys imagine the interest this could potentially create? Interest equals revenue. I don't want to get ahead of myself here, but if this kid could get a starting spot in the first team it could be worth millions of pounds. Can we get him into the team Walter?

All eyes around the table jump to the manager. Walter's a little overwhelmed.

Walter Wallace:
If he's good enough he'll git in the team, simple as that. If he's no, he won't.

Hamish Trump:
Well I hate to push, but if it's borderline can we get him in the first team? Think about this scenario. A kid with one leg getting to play for a top-class professional football team. How did he lose his leg Chick, do you know?

Chick Younger:
He was a soldier, lost it in a roadside explosion in Afghanistan.

Hamish Trump:
You're kidding, right?

Chick Younger:
No, that's the info I have.

Hamish Trump:

I think I just shot my load. This is incredible. This could be one of the biggest news stories on the planet, and I kid you not. Maimed war vet to star in world's biggest football game. Can you imagine the public interest in that one? The Americans will have that on every sports station they own. USPN will give us all hand jobs followed by a blank cheque. They might not be all that mad on their footie, but tie a tragic war story to it and it'll beat any baseball or basketball game they've got going. The public over there will eat it up for breakfast, lunch, and dinner. The advertising potential is gigantic, and that's just America. Give me a week spinning this one and every country's news and radio stations will be pumping out hype faster than Schumacher round a race track. The anticipation will be mindblowing. It'll go viral for sure. After we get him signed, Facebook, MySpace, and Twitter the fuck out that YouTube footage you mentioned, and any other social media sites I don't know about; I'm sure there's been another two created just since I began talking. We've got the Green Machine game at home in three weeks; the biggest game in the world as far as I'm concerned. I'll have the Yanks on board, I guarantee, the Aussies will be a shoo-in, and once this spreads like it will, expect entire continental Europe to be on board, as well as South America, India, and China. Oh my God, this is unreal…a dream. I'll be at the hospital tonight for sure. This stiffy isn't going to budge. No chance of settling within the four hour threshold and not a single blue pill has passed my lips. Just me? Surely some of you are feeling the excitement?

Everyone is shaking their heads and smirking. They can see the potential, but Trump always has a way with words that diverts without fail towards the sewer.

Guys, we can spin this one like a breakdancer. Get him in the team for the derby game and we'll gather enough cash to finance another top player. Pull him out the team after that if you like, but this is worth the effort.

All eyes are back on Sir Murray.

Sir Murray Davidson:
Walter?

Walter Wallace has a blank look, staring into Sir Murray's eyes then over to Trump's, then back to Sir Murray's again. A massive grin gradually splinters onto the manager's face.

Walter Wallace:
If you guys can guarantee the money we make fae this goes into ma transfer fund and ah have the authority tae use it as ah see fit, then ah'm right oan board.

Sir Murray Davidson:
You've got my word Walter. Chick, Hamish, get to work and let's turn this fantasy into reality.

2ND MATCH

Wee Peter wis fired up as we aw sat in the changin' room. He wanted blood. Coatbridge wir third bottom ay oor league, but there wis always a local rivalry between the two teams. The night though there wis an added conflict; the two managers detested each other.

Coatbridge's manager wis a boy by the name ay Sean Donnelly. Big Bobby Gilmour had filled me in wi aw the details. Wee Peter n this Sean fella had know each other fir years; used tae work thegither at the steel works n never saw eye tae eye even back then. Baith wir mad aboot fitba, Peter aboot the red white n blue, n Sean wis green n white through n through. Back then they wir always at each others throats, usually arguin' aboot derby games, Sean a firm believer that aw referees wir wearin' blue jerseys under their black uniforms. They'd even goat intae a wee scrap afore, at a works night oot at the Wishaw Miners Club. Sean wis a pretty big lad, n although Peter wisnae the height ay nonsense he wis a right wee terrier. Apparently Sean had called the weeman a dirty orange bastard in front ay a group ay his Green Machine buddies. Bobby said Wee Peter jist brushed that aff, no happy, but knew the prick wisnae worth the hassle. Sean must've been lookin' tae start shite as he didnae leave it at that, followin' it up wi a few comments aboot the weeman's maw. Noo, fae whit Bobby telt me, Peter's maw wis nae stranger at the chip shop if yi know whit ah mean. No the auld dear's fault fae whit ah heard. Used tae be quite the looker according tae the lads, until she goat diagnosed with that hypothyroidism or whitever it's called. Sean

- 128 -

shouted tae Peter in the bar ay the Miners, "Ah heard yir maw wis that fat she uses a mattress fir a tampon." Peter's face went fae white tae rid in a hurry. Sean continued oan. "Heard yi took a recent photae ay yir maw but the only way yi could get aw ay 'er in the frame wis tae dae it via satellite. Heard she fell oan tap ay a fiver n a snotter flew oot the Queen's nose." Sean n his pals wir pishin' themsels laughin'. Steam wis comin' oot Peter's ears as he took a runner at their table, divin' in the air n landin' oan aw their drinks, arms outstretched, hands latched tightly aroon Sean's neck. Bobby said it took three ay Sean's mates tae git the weeman aff; grip oan him like an anaconda.

Yi can say a lot ay things tae folks afore violence erupts, but fuckin' wi their maw isnae wan ay them. Ah knew fir sure ah wid've done the same. Needless tae say ah understood why Wee Peter wanted tae give Coatbridge a gubbin' tae remember.

Wi aw ran oot the dressin' room fired up. It wisnae too bad a night, a bit overcast, but dry at least, although the wind wis howlin' tae the north. There wis quite a crowd again n ah wis right up fir it, even afore Peter's passionate rant. There wir nae reporters or TV cameras fae whit ah could see; ah figured aw the initial hype had died doon. Ah wisnae sure if there wir any scouts aboot or no. Ah assumed there wis, it kept me even mair focused.

Ah jogged ontae the pitch, testin' the surface wi ma studs. No bad. The early eftenoon rain had gave it a spongy feel which wis perfect; ah didnae like it playin' too fast. Ah glanced over tae the side ay the park nearest the changin' rooms. Maist ay the hame support gathered there. There wis ma maw lookin' chuffed tae bits n givin' me a big thumbs up. Ma heart nearly stopped. Right next tae ma maw wis Isabel, smilin' anaw n clappin' 'er hands. Ah'd nae idea she'd been plannin' oan comin' again. Ah goat excited. It looked like Wee Peter might've been right aboot that wan. She wis right cute, great heart anaw. I really owed everythin' tae 'er. Withoot her kindness, encouragement, n sergeant major mentality, ah widnae be oan a fitba pitch at aw. Ah wis delighted tae see 'er n sent a wave ay acknowledgement in their direction. Like ah needed additional inspiration, but there wis nothin' better than impressin' a lassie, a nice lookin' wan at that.

Oor captain and goalkeeper, Graeme Cleland entered the centre circle wi the big Coatbridge captain n the referee. The ref looked a fit guy, but he wis toaty, eyes aboot boob height tae the other lads. Hame team goat the call oan the coin toss.

"Heids," said Big G.

The ref flicked the two bob bit as high as he could. It spun fast but barely up tae chin level ay the two captains. As it hit the ground the three at them looked doon, squintin' their eyes as it nestled in the grass.

"Heads it is," said the ref.

"We'll shoot this way," said Big Graeme, pointin' in the direction ay the Busby Sports Centre.

Total result, jist whit we wanted. Doonwind tae begin. Hopefully take full advantage ay the conditions n mibby it wid calm doon or even turn in time fir the second half.

Ah stood ahint the centre circle oan the left side, Tam Seaton tae ma right, baith ay us anticipatin' the ref's peep oan his whistle. Derek Walker n Alan Vint stood either side ay the baw perched oan the centre spot, glancin' up tae look at the two Coatbridge strikers oan the other side ay the circle, positioned like a couple ay sprinters waitin' fir the gun tae go aff; nae doubt their manager, Sean Donnelly, had them fired up jist like Wee Peter had us.

The wind gusted up at ma back. Lookin' up a saw their keeper wis paradin' aboot aw nonchalant oan the edge ay his box, daen stretchin' exercises n gazin' over at his team's supporters; nae doubt had a few mates in attendance or some burd he wanted tae impress, jist like me noo.

Peep.

N we wir aff. Derek took a wee touch tae Alan who dinked it back tae me jist afore their boys rushed him. The pass wis a peach, right on the money, jist tae ma left. Ah took a step forward n jist hammered the baw as hard n high as ah could. It sailed intae the air. Another gust ay wind kicked up. Ya beauty. The whole place went silent. Aw yi heard afore the volume wis turned aff wis a gasp aw aroon the pitch. Their keeper finally came back tae planet Earth, lookin' aboot, wonderin' whit had jist happened. He glimpsed up, but it wis too late as he watched the baw sail over his heid. Ah gasped masel. It felt like slow motion. The baw seemed tae have been in the air fir aboot a fortnight. The back ay the net bulged. GOAL. There wis a stunned silence, quickly followed by a massive roar fae wan side ay the park. Ah couldnae believe it. Ah stood still, but baith arms instinctively shot intae the air. Fir a second ah basked in ma glory. The floodlights encompassin' the park seemed tae brighten, temporarily illuminatin' me like ah wis a superhero. *Don't fuck wi the Wan-Legged Man.* Next minute as wis oan the deck; two ay ma teammates had jumped ontae ma back, screamin' like a right couple ay nutters, knockin' me doon. Ah couldnae breathe; wind battered right ootae me. The rest ay the lads landed oan the wee heap like it wis a game ay pile up. Ah felt lighter, baith in the heid n the body anaw; ma leg had came aff.

Finally the boys goat up, still animated, but knew there wis mair work tae be done. Derek must've noticed ma leg detach. He helped me up aff the grass wi wan hand n had ma prosthetic under his other oxster. Ah hopped as he gave it back tae me, takin' a swing wi it like ah wis Tiger Woods drivin' a baw in the direction ay their big dozy keeper, afore clippin' it back intae place. Ma eyes drifted aff towards ma maw n Isabel. They wir huggin', but peerin' over tae me. Ma maw blew me a kiss n Isabel surprisingly did the same. Wow. The ref appeared, yellow card in hand, flashin' it in the air in front ay ma face, tellin' me ah wis gettin' booked fir excessive celebration. This is a game ay fitba, no a game ay golf he said. Boos rang aroon the place. Ah wis delighted. It wis good tae see ah wisnae gettin' any special treatment cause ay ma disability.

Rangers chief scout, Chick Younger, filters away from the touchline, mobile phone locked to the side of his head, hairs on his arms completely vertical. Hamish Trump (clad in tinted glasses and a red baseball cap pulled low on his forehead to prevent any recognition – his photo was never on TV or the newspapers, *but his ego was as big as the current bulge in the front of his jeans) is on Chick's tail, barely able to contain himself.*

Hamish Trump:
Are you calling him?

Chick Younger:
Would you calm down, Hamish? Who else would I be calling, the Green Machine scouts?

Hamish Trump:
Sorry Chick, I just can't believe what I just witnessed. I captured it all on video on my camera phone. This is only going to magnify and accelerate the interest in this kid. I feel like beating one off right now.

Chick Younger:
Hamish, you probably had a sly wank at your granny's funeral.

Hamish Trump:
Were you there?

Chick Younger:
Hamish, you've got issues.

Hamish Trump:
This is pure gold though, Chick, pure gold. We need to get this boy's signature tonight. This story is going to be hot shit, we can't take any chances.

Chick Younger:
Wheesht, it's ringing.

Sir Murray Davidson:
Chick?

Chick Younger:

Yeah Murray, it's me. It's unbelievable boss. The kid, Billy Ferguson, just scored in the first three seconds of the game; a shot from inside his own half.

Sir Murray Davidson:
Say that again!

Chick Younger:
The boy scored from his own half. Ball got played back to him from kick-off and he just launched it. He meant every part of it; saw the opposition keeper dilly-dallying on the edge of his box. Vision. Told you he had superb vision. Calm down Hamish.

Hamish is annoyingly nudging Chick in the ribs.

Sir Murray Davidson:
Hamish is there with you?

Chick Younger:
Yeah, dressed up in a red baseball cap and dark glasses. Doesn't want anyone to recognize him.

Sir Murray Davidson:
Who the fuck's going to recognize that cunt?

Chick Younger:
That's what I told him. He's all hyper though; captured the goal on his camera phone. Says it's going to make this the biggest sensation ever, hype it even more than before. He says we need to sign the kid now, and I hate to say it, but I agree with him. This might make front page news in the morning unless there's a mass murder in town tonight.

Sir Murray Davidson:
I'll be there shortly. Hang tight. Nobody's going to beat us to this one. I'm hoping my personal touch will just be the ticket.

Chick Younger:

Fantastic, unbelievable actually. Should I phone Walter?

Sir Murray Davidson:
I'll call him and let him know the plan; he might want to tag along. You and the master of disguise get back to the game. Where they playing again?

Chick Younger:
Park right behind the Busby Sports Centre in Bellshill.

Sir Murray Davidson:
I'll be there before the end of the match.

Chick Younger:
I'll give the press a call in about half an hour, although I've got a feeling someone might've called them after seeing that goal. This is exciting shit. See you soon boss.

Chick hangs up, grinning from ear to ear.

Hamish Trump:
What the fuck was that all about?

Chick Younger:
He's coming here.

Hamish Trump:
The boss is?

Chick Younger:
Yep. He wants to seal the deal personally.

Hamish Trump:
Did you bring paperwork?

Chick Younger:

Of course I did. Murray would have my balls in a sling otherwise.

<u>Hamish Trump</u>:
This just keeps getting better and better.

<u>Chick Younger</u>:
I know, it's like nothing I've ever experienced in all my years as a scout.
Let's get back to the game in case we miss anything.

The next twenty minutes or so wir intense. It wis like the Coatbridge widos knew they wirnae good enough n decided tae turn it intae a kickin' match, try n rile us up, git wan or two ay us tae lose the nut n git sent aff, even it up a bit n give them a sniff ay a win. It wisnae workin' oot too well fir them though. Ah'd had ma yellow card, but that wis oor only wan; they'd had three.

Somethin' had tae change. The crowd hadnae been in the game since the openin' goal other than shoutin' their displeasure at the filthy tackles they manky schemies wir dishin' oot.

Another foul. That left back ay theirs, Shamus Reilly ah think he wis called (or 'ya hackin' bastard' as oor boys had labeled him), had went right over the tap ay the baw, nothin' but snappin' ankle oan his mind. Fortunately fir us, Lachie McCrae wis nae stranger tae defenders goin' right in aboot him. He managed tae jump jist high enough in time, still gettin' caught oan the bottom ay the boot, but nae major damage. Ah grabbed the baw as Bobby Gilmour n Alec Russell came dartin' up the pitch, goin' aff their rockers. Ah kept ma eye oan the ref who blew fir a foul. Ma eyes followed his hands like ah wis trying tae figure oot whit a magician wis up tae; nae card wis comin' oot. Ma heid swiveled tae Derek Walker who wis keepin' away fae any skirmish, standin' unmarked oan the edge ay the box. Ah raised ma eyebrows. Derek raised his n tried tae keep the delight aff his face as their two central defenders charged over tae see whit aw the commotion wis aboot. Ah put the baw doon n looked at the ref, who gave me the maist subtle ay shoulder shrugs; ah could tell he couldnae be arsed wi aw the shite that was goin' oan. Ah passed the baw through tae Derek who'd made sure he'd stayed oanside. Jist like the first goal their keeper wis nappin', supposed tough guy, mair keen oan makin' sure nae trouble broke oot that 'he'd take care ay', than daen his job. Derek sidefooted the baw intae an open net fae eighteen yards oot. The ref signaled fir a goal. 2-0. Git it right up yi. Then aw hell broke loose.

Their manager tore ontae the field, right up in the ref's face, givin' him pelters, sayin' the play should've been stopped until everythin' had calmed doon. Bit ay a stretch if yi ask me; eyes should be oan the baw at aw times. Wisnae ma fault ah wis focused, n it wisnae Derek's fault either fir puttin' the baw in the net.

Me n Derek kept oot the road. Whit wis the point in gettin' involved wi their team's dispute. Ah didnae even know why they wir botherin'. It wis 2-0, decision made, end ay story, n nae amount ay arguin' or bullshit wis gonnae suddenly reverse the call.

Wee Peter started tae charge ontae the park, vision set right oan his arch-enemy (probably sick listening tae the shite pourin' oot Donnelly's fat gob), but he wis stopped in his tracks pronto by big Graeme Cleland. The big man wis cool as a cucumber, star man, grabbin' Wee Peter by the arm n escortin' him back tae the side ay the pitch mair or less afore he goat oan it.

Sean Donnelly wis still in the referee's mug shoutin' obscenities, nose tae nose wi the poor fella. Fair play tae the ref, he wis keepin' his cool, takin' the abuse like a real pro, calmly reachin' intae his poacket n rippin' oot a rid card. Oor fans went ape shit, laughin' n givin' oot the second biggest roar ay the night as Donnelly goat his marchin' orders.

"Sendin' me aff?" he said. "Ah wis awready aff the park tae begin wi. Yi sendin' me tae the stand? This park disnae have a stand ya wee prick."

The ref maintained his poise.

"Naw, but yi cannae be within a hunner yards ay the park unless yir sittin' in the dressin' room. N yir no allowed any communication wi yir team. Yi can talk tae them at half-time, again, in the dressin' room or no at all."

Good oan the wee man in black, takin' nae nonsense. It didnae sit well wi Donnelly though, still shoutin' abuse, but his players goat their

shit thegither n dragged him aff the field. He headed fir the changin'
rooms, bealin', turnin' roon noo n again as he went, swearin' n actin'
like the ned he wis.

Coatbridge kicked aff, finally the game gettin' back oan track, but
they wir rattled big time, oan the ropes, mentally gubbed, nothin' left
in the tank. As a result it wis a stroll tae half-time n we built oan oor
lead. Ah laid oan a sweet curlin' baw fae a freekick jist ootside the box.
Their defence wis aw over the place, stackin' their wall wi eight players,
figurin' a shot oan goal wis oan the cards. Ah picked oot big Bobby
who'd ventured up fir the set piece n he confidently heided the baw intae
the tap right corner; their keeper didnae even move. Ah wis beginnin'
tae think that big walloper should find another sport tae play.

We tagged oan another afore the half. Alan Vint dribbled the baw
past their two numpties in central defence, only tae be hacked doon
inside the box as he wis aboot tae pull the trigger. Lachie McCrae then
rifled in a bullet fae the penalty spot wi his trademark right foot, low n
jist inside the left post. 4-0.

Wi aw headed fir the changin' rooms fir a drink ay water n a few
slices ay orange. Oor fans wir ecstatic but oan the other side ay the park
yi could've heard a pin drap. The Coatbridge players wirnae sayin' much
either which wis a bit ay a surprise. Ah'd been expectin' the aggravation
tae spill intae the fifteen minute break, but mibby at four goals doon
awready they didnae want tae piss us aff anymair.

Ma maw n Isabel looked like they wir havin' a party as a trotted
by them.

"Rub it right intae them in the second half," said ma maw.

"I'm so proud of you Billy," said Isabel in her nice polite voice.

She wis lovely. Ah knew she meant ever word ay it, but ah had tae
stay focused. Ah jist smiled back at them. Concentratin' wis easier said
than done though. Isabel wis lookin' top notch. This time she had oan a
pair ay whit looked like black velvet skin tight troosers n a black hooded
tap made ay the same material. She had the hood up, probably tae keep
her ears warm. She looked that cozy but cute way, like it wid jist be
Heaven tae be wrapped up beside her, snugglin' ma face intae the side
ay the smooth skin oan her neck n inhalin' deep, savourin' the fruity

shampoo aroma fae 'er shiny broon hair. She wisnae a pure stunner like Charlotte wis, but where she fell short in that area she made up fir wi her genuine character n sweetness, n her n Maw wir gettin' oan like a hoose oan fire, somethin' that had never occurred wi Charlotte.

Ah felt eyes oan me fae the side ay the park, starin' eyes, the type that dig right intae yir soul. Ah wisnae lookin' but ah knew they wir. Ah turned. Two guys wir burnin' a hole in me, but took their attention in another direction as soon as ah clocked them. Wan wis jist a regular looking fella; pair ay jeans, black leather jaicket, nothin' oot the ordinary. The other boy no so much, mibby no quite right in the heid; jeans n a beige coat, but a rid baseball cap oan, brim pulled doon low like he wis hidin' somethin', n a pair ay dark tinted glasses. Whit the fuck? Scout. Had tae be a fitba scout, mibby a famous wan, determined no tae be recognized.

The second half wis a non-event, n that wis puttin' it politely. We knocked the baw aboot like it wis a trainin' session, n the Coatbridge boys wirnae exactly chasin', appearin' content wi the 4-0 scoreline. We took it easy oan them, well, fairly. Five minutes fae time ah figured enough wis enough. Ah looked right like ah wis pickin' oot a long pass tae Derek. Hook line n sinker. The two central midfielders wir selt the dummy. Ah glided by them, cruisin' forward, eyein' up their big lads at the back. The two ay them looked at wan another, tryin' tae figure oot whether tae move tae me or guard their goal. *Baith* ay them chose the latter. Ah raised ma right hand, signalin' tae Lachie oan the wing. Their eyes followed ma pointin' index finger n their bodies did the same, like ah'd jist put them under a hypnotic spell. Belter, another dummy sold wi ease. Lachie played the part like De Niro, followin' an imaginary baw in the air n the two twats did everythin' but run right tae him n hand him an Oscar. Ah waltzed through oan their bell-end fir a keeper, him shimmyin' aboot fae side tae side in an attempt tae break ma concentration. *Aye, good luck ya banger.* Another wee fake move tae the right n the big donkey wis oan his arse. A step tae the left n ah slotted the baw intae the centre ay the goal. 5-0. Game over.

As ah celebrated, absorbin' the applause n smiles fae ma maw n Isabel, ah saw a sleek-lookin' silver Mercedes pull up next tae the changin' rooms. It wis a belter: shiny bodywork, tip-top alloys, n windaes tinted enough tae hide anybody inside. The two boys who'd been starin' me doon earlier headed in the direction ay the flashy motor; the guy in the baseball cap n dark glasses lookin' right shifty. It jist kept gettin' weirder n weirder as a BBC van pulled up next tae the Merc, n two boys wi cameras jumped oot, closely followed by wan decked oot in a shirt n tie, microphone in hand. Wir they here fir me? Wis the fella in the hat n glasses really a scout? Who the fuck wis in the posh brief? There wis hardly anyone fae aroon here wi a motor like that unless yi wir a big time drug dealer (a stupid wan; nothin' like maintainin' a low profile). Wir the telly folk here fir whoever wis in the car? It wis jist as well the final whistle sounded, cause ma heid wis burlin'.

Ah absorbed the claps fae the hame support as we aw walked aff the park. It fizzled oot fast as mair n mair ay them noticed the BBC presence. The back door ay the Mercedes opened n a well dressed fella in a dark blue suit, light blue shirt, n Glasgow Blue Crew tie goat oot. Blue Crew tie? Ah went chalk white, a tinglin' feelin' invadin' ma entire body, n ah momentarily lost control ay ma bladder; a wee squirt ay piss splatterin' ma shorts afore ah wis able tae clench up n save a major disaster.

It wis Sir Murray Davidson, legend, n owner ay the club ah wid love tae the day ah died.

Another squirt ay piss, although squirt wis mibby an understatement as ah felt the warmth hit the tap ay ma fitba sock jist below ma left knee; wis ah ever glad ay black shorts. The other door ay the plush motor had opened n oot had stepped Walter Wallace, Blue Crew manager. Ah wis sure it wis him, decked oot the same as Sir Murray, lookin' immaculate. Whit the fuck wis happenin'?

Everybody wis noo privy tae who wis here; maist ay the supporters, hame n away, surroundin' the Blue Crew big wigs n TV folks. The two boys who'd been starin' me doon fae the sidelines wir in there anaw. The reporter had his microphone in Sir Murray's coupon, n the fella wi the baseball cap n dark glasses wis pointin' in ma general direction.

Ah could barely walk. The only thing keepin' me movin' wis the momentum fae ma body weight n ma desire tae git some wind flowin' intae ma shorts tae help dry up the pish. Ah wis confused n couldnae even think straight enough tae logically process anythin'. The reporter boy started headin' in ma direction. Ah glanced ahint me; nae players there. It *wis* me he wis efter. Sir Murray, Walter, baseball cap guy n his pal, n the crowd that had surrounded them wir aw tailin' the boy wi the mic. The two lads wi the cameras over their shoulders wir daen their best tae keep up.

Ah stopped in ma tracks; ma good leg havin' aboot as much sensation in it as ma fake wan.

"Whit's wrang son?" said ma maw, appearin' beside me n puttin' 'er arm aroon ma shoulder.

"Whit's happenin'?"

"It's jist the TV folks wantin' tae talk tae yi like last time. Yi played a blinder again."

Isabel touched me oan the other shoulder (ah processed enough in ma spaced oot heid tae pray she didnae smell piss). Ah wis hopin' tae hear her say somethin' consolin', but aw ah heard wis a gasp.

"Holy fuck, is that who I think it is?" she said, grippin' me hard enough that a bruise wid be left; fortunately ma entire body wis numb.

We aw stood oor ground, the TV boys, Blue Crew legends, n the crowd engulfin' us like a tidal wave.

"Billy, Eddie Cruickshank, BBC," he said, jammin' his audio device tae ma mooth. "We heard you had another fantastic performance this evening, including the opening goal that was captured on film, and from what I hear will likely make the headlines for days to come. Billy, I'd love to talk to you more about the match, but as you can probably see, there are some special guests in attendance who'd like to have a few words with you."

Dazed. Speechless. Traumatized. Pick a word.

Sir Murray Davidson stood forward, Walter Wallace right ahint him. Ah wanted tae say somethin', greet them wi the respect they deserved, but nothin' wis squeezin' oot. Verbal constipation.

Isabel's grip wis noo like a vice.

"Billy, our scout has been in talks with us about you. He's even made comparisons with Graeme Souness and Paul Gascoigne. We had a meeting this morning and I'm personally here to give you the news. I'd like to state formally, here on Scottish television, that Glasgow Blue Crew Football Club would like to sign you to a one year contract, right here and now."

The boy beside the weirdo in the glasses n cap pulled some papers n a pen fae his inside poacket n handed them tae Sir Murray.

Ah passed oot.

Ma eyes opened slowly but the surroundin's wir hazy. The mist cleared as ah looked up at the sky, a circle ay concerned faces starin' doon at me.

"Am ah dreamin'?" ah said, no tae anyone in particular.

"Naw Son, it's real awright," said ma maw, tears runnin' doon 'er cheeks as she held 'er hand under the back ay ma heid.

Isabel n ma maw helped me tae ma feet (feet? well, yi know whit ah mean). The crowd that had gathered gave a big applause n the reporter stuck the microphone back in ma mug again, but Walter stepped in tae take the stage like the ultimate professional he wis, obviously knowin' ah wis in nae condition fir an interview. The cameras wir still rollin; me noo feelin' aw embarrassed, knowin' ah'd been nabbed cowpin' over oan ma arse.

MAIR SHITE FAE THE COW

————◆————

What the hell was going on? I told him he could call me on my mobile, but nothing, not a sausage. Ignoring me! The sheer audacity of it. A one-legged big shot now that he'd signed for the Glasgow Blue Crew. It was just wrong. I needed to be on his arm. He was going to be the hottest topic on the news all over Scotland and perhaps even the entire UK. Shit, it wouldn't surprise me if it went global. Every sap loves a tragedy transforming to outrageous success, particularly if it involved someone from the military.

No, this was bad news unless I could find a way to worm my way back into his life. Maybe I just needed to come right out and announce my love for him and how my previous actions had been the biggest mistake of my life. Nah, too risky. Shocking timing. Even that dumb shit may figure out my motives. Signing for the biggest team in the land closely followed by my major turnaround would be seen as a bag of shite, even by white stick carriers and those chained to Labradors.

Something had to happen though. The exposure he'd be receiving over the next few weeks and months was going to be astonishing, exposure I could not afford to be vacant from. Holy shit, with my charisma and model looks I'd be a household name in about three seconds, if that.

Glasgow Blue Crew, how the hell did that happen? I knew he used to be a decent player, but I knew very little about the game and never really gave it much attention. Why would I? I never thought it would ever amount to anything. Thousands of guys were decent players but never turned it into anything substantial, and they weren't deformed. What were the Glasgow giants thinking? Was Billy really that good even minus an appendage?

First things first, my new boyfriend had to go (couldn't risk that getting out there). He might be tall, dark, and handsome, a successful accountant like my father, and not talk as though nurtured in the deepest darkest council scheme, but so what. He was still a nobody. Being on his arm might look good, but who watching that would make me a star? Exactly. Drop kick to the wheelie bin would be part of our next interaction.

As much as I hated having to do the chasing, it was appearing that was going to be a necessity. Biting the bullet it was. I would have to call him once again, just for a chat, see how he was doing, act surprised with things I already knew, be nice, soften him up, and have him begging for me. It was just a beautiful plan. I was a bitch, but in my mind, one helluva smart bitch.

LEITH CITY AT HAME

Ah wis flung in at the deep end. A quick introduction tae ma new teammates afore trainin', then straight intae a session. They aw seemed superb, shakin' ma hand, pattin' me oan the back n tellin' me they'd watched ma goal fae ma ain half against Coatbridge oan the internet, sayin' it wis the dug's baws. Ma all-time hero, Rodrigo Alvarez (or Wee Alvo as he wis tae the fans) took me aside afore we goat started. He said it wis a pleasure tae be playin' wi me n that he'd watched aw the videos. He thought ma vision oan the field wis incredible, n if ah could replicate that here ah'd be a complete hit wi the players as well as the fans. He thanked me again. He thanked me! A pleasure tae be playin' wi me! Wow, whit a humble fella. He wis the star. It wis me that should've been thankin' him, kissin' his arse mair like. It certainly wis a pleasure fir me, but jist showed whit a touch ay class the weeman wis.

It wisnae easy goin', but ah didnae expect anythin' else. This wis the tap level fitba in the entire country. Compared tae the lads in the junior league they wir mair skillful, fitter, n certainly faster. Ah knew they'd be quick, n that wis clearly evident in the knockaboot game efter aw the shootin', dribblin', n passin' drills.

They shut me doon fir the first few minutes. Ah wis so used tae havin' time oan the baw, but no here. They hit me so hard a couple ay times, but nae serious damage. Ah goat in ma groove though, playin' it like a game ay poker. Started wi the wan touch stuff. Baw came tae me in the midfield n ah laid it aff afore anyone could git a boot oan me. Ah kept the pattern up fir aboot ten minutes, spreadin' good passes anaw, findin' ma target every time. Ah bluffed the next hand. Baw arrived at me fae big central defender Stevie McPherson. Ah trapped it deid oan the inside ay ma left foot, Craig Jackson oor midfielder who'd been nippin' ma heels aw day, sat back, anticipatin' a quick pass. No this time. Ah turned inside, spotted Alvarez makin' a bee-line intae the box, n floated a high, delicate pass in jist over the heid ay lanky Iain Ramsey. Wee Alvo controlled it oan his chest n sent a sweet right footed volley intae the back ay the net beyond reserve keeper, Thomas Stevenson, who wid've had mair chance stoppin' a bullet fae a .44 Magnum. Alvarez charged back tae shake ma hand.

"Great baw," he said. "That's whit we need more ay in this team."

That made ma day.

Ah heard clappin' tae ma left. Walter n his assistant, Ally McDowell wir oot their seats. They didnae speak a word, but sent me a thumbs up, so ah knew ah wis rackin' up brownie points. Determined tae push fir a place in the first team against Leith City at the weekend ah knew mair ay the same quality wis required. Ah had tae shake things up though.

Corner kick oan the left. Ah took it. The box wis stacked, the boys hustlin' n bustlin' fir position fir the ootswinger. Wee Alvo darted short n ah sent a short wan tae him. He laid it back tae me oan the left side ay the box. Ah controlled it n faked a wee dunk pass intae the six yard line, but turned inside instead. The keeper wis oan the near post. Ootside ay ma shoe sent the baw curlin'. Aw eyes watched. McPherson made an attempt at a heider, but it wis too high, never intended as a cross. Naw, it had tap right corner written aw over it n it didnae disappoint. Goal.

If that hadnae secured a first team debut at the weekend then nothin' probably wid.

Hearin' the words "yir startin' the day," fae Walter Wallace wis phenominal, but ah'd really played a blinder in trainin', so it wisnae completely unexpected, but yi never want tae git ahead ay yirsel n make any assumptions.

The hame fans wir goin' bonkers as we exited the tunnel. Family n friends wir in attendance, n ah'd heard it wis a complete selloot. Ah'd goat ma maw n Isabel special seats up in the Main Stand, n Charlotte had phoned again tae say her n two ay her pals wid be there; ah jist didnae know if she had followed through wi that or wis jist full ay false promises.

Ally McDowell leads the direction of the team from the dugout. Walter Wallace sits today with Sir Murray Davidson and Hamish Trump up in the executive area of the Main Stand.

Hamish Trump:
The crowd love the kid already, Walter. Do you think you'll play him the full game?

Walter Wallace:
Naw, first half hour tops. Want tae make sure he's ready fir the Green Machine game. We need tae hype up that wan, but ah don't want tae take too much ay an injury risk. Need tae break him intae the environment though, so a wee run oot the day will dae him the world ay good. The boy's goat skills fir sure, n ah'm jist hopin' the fans git a wee sniff ay that the day. Ah know part ay this wis tae cash in oan the publicity, but efter seein' the lad in trainin' ah really think he might have a future here.

The atmosphere wis electric. Whit wid it be like next week against the Green Machine if ah goat picked? Ah wis familiar wi the environment fae up in the stands, but it wis nothin' tae whit it sounded like doon oan the pitch. Ah hadnae been prepared fir that. Ma heart rate wis goin' like the clappers.

The chants commenced fae aroon the stadium.

"HE'S BLUE, HE'S WHITE, HE'S FUCKIN' DYNAMITE, WEE ALVO, WEE ALVO."

Wee Alvo lapped it up, salutin' them aw.

The Leith players jogged ontae the field clad in their familiar solid dark green jerseys n white shorts. Their fans in the corner between the Brushloan n North Stands cheered, but wir quickly drowned oot wi the boos fae oor support.

Then ah started tae pish masel laughin'.

Afore the game ah'd been warned. Hamish Trump had came up tae me tae see how ah wis daen, then telt me he'd been oan a few ay they internet fan forum sites. The loyal support had been sayin' they had a new song in place fir me. Hamish said it might sound a wee bit harsh but it wis meant tongue in cheek n jist a bit ay a giggle. Ah loved it. Ma ain song fae the Govan faithful wis quite the compliment considerin' aw they'd probably seen ay ma game wis a couple ay YouTube videos, although they clips wir teakers if ah may say so masel.

"HE'S WHITE, HE'S BLUE, HIS LEG'S STUCK OAN WI GLUE, BILLY FERG, BILLY FERG."

Ah wis roarin' wi laughter, n the lads wir pishin' themsels anaw. Even the Leith boys looked entertained.

Ah welcomed it, raisin' ma hands in the air n givin' them a clap, fakin' a big limp as a stepped forward. It went doon a treat, the entire place creasin' themsels. It wis withoot doubt the biggest laugh ah'd ever heard, forty somethin' thoosand folk erruptin' aw at wance. Anybody walkin' by ootside the stadium wis probably wonderin' whit the hell wis happenin'.

Game face oan; check. It wis business time.

Leith kicked aff n pressed the action fae the start. It wis clear they wirnae here tae be content wi jist a point. They forced a quick corner. Oor lads goat assembled in the box n their big boys at the back charged forward n mixed in amongst them, aw pushin' n shovin' wi their markers.

Ah sat back ootside the eighteen yard line; at barely five feet seven ah wis aboot as useful as tits oan a bull as far as attackin' an aerial baw. Tony Jenkins, their English lad in central midfield wis shadowin' me. Wee Alvo wis sittin' up jist inside oor half under the supervision ay their left back, Harry 'The Hatchet' Henderson; a right tough character as his nickname suggested, but fast as a fuckin' Whippet. Other than that, everyone wis crowdin' oor goalmooth.

They sent in a peach ay a baw, a right devil, close enough fir oor keeper, Neil McGregor tae think he could git a mitt oan it, but jist far enough away that realistically he couldnae. He jumped tae fist it away. Swing n a miss, luckily no catchin' any ay their players heids wi his knuckles oan the follow through. The baw hit the flair, bouncin' aboot pinball style, everybody flappin', their boys eager tae git a shot oan goal, oor lads desperately tryin' tae clear it oot, anywhere. McPherson managed the latter but it clipped wan ay their guys in the process, ricochetin' in ma direction rather than it's intended spot of North Stand, row K. Grabbin' the bit ay good fortune ah hit it oan the volley, howfin' it forward intae their half, part tae git it oot ay danger, but still wi the purpose ay givin' Wee Alvo somethin' tae potentially work wi. The race wis oan.

Alvo n Hatchet Henderson turned n raced fir the baw n their keeper made a sprint forward fae his box. It wis anybody's fir the takin'. Alvo wis fast but that Henderson wis freaky quick, jist gettin' the edge oan the weeman. The baw had some amount ay tapspin oan it though n their keeper wis the bookies favourite. Sure enough, the big boy wi the gloves made it there first, puntin' it hard enough tae reach the tap deck ay the twenty-seven bus headin' alang Brushloan Road, but Henderson's groin got in the way, catchin' a direct hit wi the baw, sendin' him tae the grass like a sack ay tatties, the fitba reboundin' back in the direction ay the Polisland Road Stand, wi Wee Alvo runnin' ontae it unchallenged as their keeper fell over a distressed n winded Henderson who rolled in agony, graspin' in-between his legs. Wee Alvo celebrated early, hands in the air as he slotted it hame fir the openin' score.

The fans went bananas. The league wis tied at the top wi the Green Machine, n they wirnae playin' until the morra. Winnin' the day wis crucial. There wis a low murmur fae the faithful in the Brushloan end, like they wir spreadin' a rumour or somethin'. Whit came oot their mooths next literally had half oor players oan their backs.

"HE'S WHITE, HE'S GREEN, HIS BAWS JIST HIT HIS SPLEEN, HENDERSON, HENDERSON."

Ma stomach hurt as ah lay oan ma back, lookin' over at Wee Alvo who wis horizontal anaw, tears streamin' doon his face. Ah dragged masel aff the deck. The hysterical laughter wis still runnin' its way progressively roon the stands like a Mexican Pish Yirsel.

The ref wisnae too chuffed, determined tae restore some order tae the proceedins. Ah wis lucky ah'd goat up; the ref boltin' tae anyone still oan their arse, warnin' them tae git up pronto or yellow cardboard wid be flyin'.

It wis a bit ay a stalemate fir the next twenty minutes, like a slow game ay chess, n no a very good wan at that. Scrappy stuff. The rain started tae fall, heavy anaw, makin' the playin' surface slippy in a hurry, the baw skiddin' aw over the place, n no daen any favours as far as turnin' the poor play aroon.

Throw in oan the right side, jist inside the Leith half. Right back Lee Warren took it quick tae Craig Jackson who sent it laterally tae me. They closed me doon fast, but ah turned inside n strode forward, leavin' two ay them in ma tracks. Ah pushed ahead, their goal lookin' bigger n bigger wi every step. Clatter. The crowd gasped. It wis a horrific tackle, a season ender fir any normal fella. Hatchet Henderson, obviously still reelin' fae his earlier embarrassment had bolted oot fae his left back position, reachin' the middle ay the field n hittin' me studs up, jist tae the right ay ma shin. He followed through, literally takin' ma leg wi him. Ah stood there oan ma left leg like ah hadnae even been touched. Ah didnae feel a thing, but if it had been anybody else or ma other leg it wis instant stretcher n a few nights in a ward wi questionable food.

The ref pulled rid oot withoot even a blink. Big Stevie McPherson wis right in aboot that animal Henderson, in aboot his face as that mad muppet goat tae his feet, callin' him a dirty cunt; a phrase he wis nae stranger tae hearin'. Wee Alvo picked up ma prosthetic n handed it back tae me.

"You awright Billy?" said the weeman.

"Aye, nae worries Alvo. First time ah've been happy havin' a fake leg," ah said.

Henderson wis pissed aff.

"Ref, there's nothin' wrang wi him. That wis a yellow at maist."

The ref wis havin' none ay it.

"Aff the park Henderson. Ah don't care if he's no hurt. The intent wis there. Yi should be ashamed ay yirsel fir that wan. Noo, go hit the showers, yir efternoon is over."

Finally he walked away, shakin' his shaved heid like he'd been hard done by. Some genius in the flute n drum section had rustled up an instantaneous chant afore Hatchet even goat tae the sideline. Whoever wis responsible fir creatin' that stuff oan a moments notice n spreadin' the word wis a phenominal talent.

"HE'S GREEN, HE'S WHITE, HE'LL BE EARLY HAME THE NIGHT, HENDERSON, HENDERSON."

Absolute quality. We aw thought so anyway, but Henderson no so much, flashin' a middle finger tae oor fans. Whit a donkey. There wir mair cameras oan him than an actor oan a film set. Nothin' like addin' a few matches tae yir rid card suspension. Total fanny. Ah couldnae tell whit their manager, Jim O'Neil wis sayin' tae the back ay Henderson's heid as he headed doon the tunnel, but he wis goin' ape shit.

Freekick jist inside twenty-five yards. Alvo had the baw in his hands as the Leith boys constructed their wall. Ah hung aboot the weeman's side as he eyed up the situation. He leaned in tae ma ear.

"Ah'm going to look like ah'm takin' it Billy, but ah'm going to run right over the top ay the baw, so get ready to let fly," he said in his half Scottish, half who knows whit accent.

He took a right good run up as ah stood aboot three feet behind the baw. True tae his word he dummied it, well. The Leith wall wis a mix ay jumpin' in the air n turnin' their backs. Ah stepped up n curled wan roon the left side ay their barrier. Curl mair ya cow ah thought. It wis tight as a nun's minge, hittin' the inside ay the post, squirtin' across the goal line, bangin' the inside ay the right hand upright, afore tricklin' intae the back ay the net. 2-0. Ah went mental. Dream come true. Ah ran tae where aw the chants had originated, huggin' aw the boys in the front row ay the Brushloan Stand. They cuddled me like ah wis a Playboy Bunny. Ah pulled back, no wantin' tae git a bookin', but looked up at them aw as ah backed away, blowin' them a kiss, took a bow, then pulled up the badge oan ma jersey n planted ma lips oan it.

"HELLO, HELLO, WE ARE BILLY'S BOYS," kicked in.

Call me a pussy, but ah sobbed, it wis aw too much, water comin' oot ma sockets like a sprinkler system. Ma teammates circled me, havin' taken a step back tae let me enjoy ma moment ay glory wi the fans. They aw piled in, squeezin' me hard, Wee Alvo in at me first, blarin' oot his excitement like an overzealous kid. Yi'd think ah'd jist won us the title.

Ah looked up intae the Main Stand, tryin' tae pick oot ma maw n Isabel, but everythin' wis a blur. Ah knew their eyes wir locked in oan me though.

"AH LOVE YI MAW," ah shouted at the tap ay ma lungs. "YOU'RE THE BEST ISABEL."

Ah couldnae tell if they heard me or no, but ah knew ah wisnae the only wan sheddin' a tear.

Activity at the dugout. The number seven wis raised oan the board, ma number. Day over. Job well done though, n mibby enough displayed fir a spot in the derby startin' eleven. Time wid tell. Number eighteen popped up, ma replacement; oor American lad, Chad Clinton. We shared a high-five, Ally McDowell slung a warm jaicket aroon ma shoulders, ah gave the crowd a final salute n took a seat. Whit a buzz.

"Outstandin' Weeman," said McDowell.

"Cheers Boss," ah said.

Ma mind wandered. Mibby everthin' did happen fir a reason. Ah'd *never* been happier. If ah hadnae lost ma leg ah wid've never been in the situation. Finally there wis closure.

ISABEL

—◆—

Billy had offered his mum and I tickets in the corporate box for the Blue Crew and Green Machine match. I had been ecstatic, especially after his fine performance in their win against Leith City, figuring viewing from the enclosed lounge would be a refreshing change, but his mum wanted to sit in the stand again. She said she wanted to absorb the real atmosphere, saying that would be lost behind the glass. I guess I'd been overwhelmed by the prospect of free food and drink as well as special treatment I wasn't accustomed to, but the more I thought about it she was right. There wasn't another atmosphere like it on the planet and it would've been criminal to miss out. We settled for the same seats as the Leith match; front row on the first tier of the Main Stand, and I was absolutely delighted. They were located a little to the left of the centre line towards the Brushloan Stand end, virtually the best outside seats in the house. I was anxious to hear what the reaction to Billy was going to be during a derby game (from both sets of supporters).

His mum liked me and I liked her. There were no heirs or graces about her and a spade was certainly a spade. If she didn't want me tagging along I was certain I would've heard about it. She now knew I liked him and she wanted us to get together. I wish I'd told him. Maybe she would tell him, but she hadn't said as much. If only I'd said something to him already. I'd been stopped in my tracks when he was hitting the headlines, worried it would be construed as jumping on the bandwagon and being insincere with my intentions. God forbid being tarnished with the same brush as I had labeled his ex-girlfriend. She was back on the scene, sniffing around like she was an airport bloodhound and he was in the terminal transporting cocaine in his anal cavity. I didn't personally know her, but I hated her. It was clear to everyone (with the exception of Billy) what she was really after. Definitely no coincidence she'd magically reappeared after he'd hit the limelight and become a national sensation.

Our decision to take the front row exterior seats felt like a stroke of genius after an irate call from Billy's mum the night before the big match.

I'd been half dozing on the couch, curled up in my comfy clothes after a relaxing bath that included a leg shave and a tidy up of the landing strip. CSI Miami was on the TV but I'd drifted off for a few minutes early in the show and had no idea whose bloodied body that red headed detective with the dark glasses and weird way of talking was standing over when I finally returned to the land of the living.

My mobile phone rang, startling me so much I dropped the remote control. My eyes glanced to the digital display on the DVD player under the television. It was 10:36 pm, well past the unwritten no calling rule of 10:00 pm. Shit, someone had died or was at least in the hospital. I wrestled inside the pocket of my black jogging bottoms, eventually pulling out the phone, frantically flipping it open.

"Hello," I said, hint of panic to my voice, heart racing.

"Isabel?"

"Speaking."

"Hi doll, it's Betty."

My heart rate revved up big time. Billy. Oh shit no.

"Hi Betty, what's wrong?" I said tentatively, expecting the worst.

"Sorry tae call as late, honey. Ah didnae wake yi, did ah?"

"No, I'm up. Is everything all right? It's not Billy, is it?"

"Naw, Billy's fine. He's fast asleep, gettin' his rest fir the big day the morra."

"Well I'm glad to hear that," I replied. "You had me worried there for a minute."

"Yi like him, don't yi?"

"Well of course I like him. You didn't know that already?"

"Yi know whit ah mean."

"*Well…I…well…*"

I spluttered, not really sure how to respond, taken off guard to say the least. I had been sleepy when the phone rang, but was on high alert now.

It's one thing for a female to ask you about a guy, but something completely different altogether when that female is the prospective guy's mother.

"*Yi don't need tae say another word, ah think whit little yi said there tells me everythin' ah needed tae know.*"

There was no mirror around for me to check out my face, but I knew it was like a beetroot.

"*Betty, did you call to see if I was interested in Billy?*"

"*Naw, sorry doll, ah goat sidetracked. Ah wis jist callin' tae warn yi. Billy's gave tickets tae that ex-girlfriend ay his. Her n 'er two pals will be at the game anaw. Noo, unlike us real fans they'll be in the corporate box, so at least we won't have tae put up wi their antics durin' the game, but as yi know, Billy's arranged the tour ay the stadium fir us, n they numpties will be wi us fir that. Ah jist wanted yi tae be prepared.*"

My heart sank. I'd never met his ex, and had hoped I never would.

"*That's fine,*" *I lied.* "*It's not like I need to talk to her, but thanks for the heads up.*"

"*Well yir daen better than me then. Ah'm no sure ah'm prepared fir it. Ah want tae scratch the wee cow's eyes oot every time she pops intae ma heid.*"

"*We can skip the stadium tour if you'd like.*"

"*Not a chance. In aw the years followin' the Blue Crew ah've never had the tour. If anybody should be skippin' it it's that wee scrubber n 'er two slutty pals. That Charlotte's dad is a Green Machine fan anyway, so ah've nae doubt who she'll be cheerin' fir. She's nae business bein' in oor corporate box. Fae whit ah know aboot 'er she's that dumb she disnae have much ay a clue aboot the game, n certainly nothin' beyond the Green Machine. She probably couldnae even name the manager ay oor team n ah doubt she wid know him fae Adam if she bumped intae him in the street. As fir 'er pals, they couldnae tell the difference between a fitba n a tennis racket!*"

"Is it jist me or do you think this Charlotte's trying to get back on the scene because she sees that Billy's becoming successful?"

"*Isabel*, everybody *thinks* that. Apparently the only wan who cannae is Billy. In sayin' that, ah'm sure he must have a suspicion, but he's probably puttin' it tae the back ay his mind. He really loved that lassie. God only knows why. Ah guess she jist has 'er hooks in under his skin n he cannae git them oot."

"Well, I'm going to try and help get them out."

"If yi could dae that Isabel ah'd be eternally grateful tae yi. He deserves tae be wi a nice lassie like yirsel, no some gold diggin' wee trollop."

"Well I'll see what I can do to shake things up tomorrow, maybe after the game; Billy's got enough to concentrate on without any drama before kick-off."

"See whit ah mean? Yir a top girl, always thinkin' aboot whit's right fir ma boy."

"Well, I love him."

It just came out, not sure why. It was like an instinctive response, like a driver swerving to avoid a child stepping out on the road. There was a silence on the other end of the phone. My cheeks now felt like a welder was working on them with a blowtorch. Please say something I thought, I'm dying inside.

"Betty?"

"Ah'm here darlin'. Yi jist took me by surprise there. Ah knew yi liked ma boy, ah jist didnae know it wis that much."

"Well, I said it. It's out now and it's true."

"Yi've jist made ma night."

"That's good to hear. Betty, I'm going to head to bed now. For one, I'm tired, and two, it's one sure way for me to prevent further embarrassment."

"Nae worries hen, but don't be embarrassed. Mum's the word if yi know whit ah mean," she replied, giggling, definitely chuffed to bits with her little joke. "I'll see yi ootside the stadium at half twelve the morra."

"Yep, wouldn't miss it for the world."

"Night night doll."

"Goodnight Betty."

I sank deep into the couch as I flipped my phone closed, hand now over my open mouth. I was mortified, but strangely relieved. I replayed the conversation and was actually happy with my little slip, elated almost. I'd wanted to let someone know for a while. Maybe accidents did happen for a reason. I had to make the most of tomorrow, no point in taking a backseat now.

TRAVEL IN STYLE

Nothin' like a steamin' hot bath tae start a day. Ah lay back, wet cloth folded n draped over ma foreheid, sniffin' up the scent ay the eucalyptus salts ah'd poured in. Ma mind wis runnin' aw over the place. Ah'd think aboot the big match n the goose bumps wid kick in, even though it wis boilin' hot in the tub. Ah switched topics, but went straight tae thinkin' aboot the potential disaster ay ma maw, Isabel, Charlotte, n 'er pals paradin' aroon the stadium tour, drawin' daggers at each other; no ma smartest ay arrangements but whit wis done wis done. Next. The war then raised its ugly mug. Ah stared doon at ma stump, instantly relivin' the blast n time spent starin' at the ward ceilin' in Camp Bastion. Ah could feel the look ay fear n horror oan ma chops, noo sweatin' oan tap ay the sweat awready floodin' oot ma face. Ah sat up, tryin' tae git a gawk at ma harassed coupon in the wee oval mirror perched in between the hot n cold taps, but it wis aw fogged up. Deep breaths Weeman, ah thought. Have a wank said the imaginary rid devil oan ma left shoulder. Don't dae it said the white angel wi the gold halo oan ma right. The devil chimed in.

Nae harm nae foul, jist don't crack wan aff thinkin' aboot that Isabel or Charlotte or even baith ay them at the same time, perhaps somebody yi've nae emotional attachment tae. Mibby go wi Angelina Jolie wrappin' they ripe lips aroon yir baws or that Jennifer Lopez parkin' that big juicy arse right oan yir shaft.

Ah had tae git a grip (nae pun intended), take ma mind away tae somewhere peaceful like lyin' oan the sand ay a desert island, calm turquoise water surroundin' me as ah soaked up a few rays, but Jennifer's dumper n Angelina's open mooth wis mair than a tempter. Naw, nae chokin' the chicken, mibby bad luck. Conserve yir energy. Ah'd heard a lot ay players didnae drain the auld sack the *night* afore a game never mind the mornin' of. Naw, plenty time fir firin' aff a few rounds efter the match, alone or otherwise.

"How yi feelin'?" said ma maw as ah walked intae the livin' room, rid white n blue towel wrapped aroon ma waist like a kilt.

"Sweatin' bullets," wis aw ah could say.

"Yi'll be fine. Look how yi done in the Leith City game. Jist treat it the same."

"Ah know, but ah cannae help it. Ah'll be fine, a few nerves never hurt. They're keepin' me focused."

"Well go focus oan gettin' ready, we don't want tae keep the chauffer service waitin'."

We sat there aw quiet, me in the armchair, ma maw perched oan the edge ay the couch lookin' like she could faw aff at any moment, nervous as fuck. Telly wis aff, but we wir baith starin' at the gold carriage clock oan the mantelpiece like there wis an action film playin' oan it. Three minutes tae midday n the second hand clicked its way roon, slowly past the six, seemin' like it wis goin' a lot slower than usual. Yi could've heard a pin drap, so much so that every tick the arm made sounded like somebody clippin' a big chunky toenail.

BEEP BEEP.

The two ay us shat a brick. Early. It wis two minutes tae twelve. Ah lept aff the sofa; ma maw dragged hersel aff the carpet. We baith reached the front windae like it wis the finish line ay the hunner metres. She edged me oot. She wis delighted wi the victory. Ah let 'er win; her change in mood seemed tae break the tension.

"Oh…my…God," she said, peekin' through the Venetian blind.

"Whit?" ah said, chin perched oan 'er shoulder, tryin' like mad tae see whit aw the fuss wis aboot.

"The motor's a beauty," she replied.

The Blue Crew had found oot ah didnae drive. Ah'd been late fir oor midweek trainin' session. Big Walter Wallace looked right pissed aff when ah'd appeared, givin' me a stare that wid've stopped a chargin' rhino in its tracks. He glanced doon at his watch n started shakin' his heid.

"Somebody better be deid," he said, aw serious, no even a sign ay any humour.

"Boss, ah'm really sorry," ah replied, shakin' like a leaf. "Ah wis runnin' early anaw, but the bus never showed up. Ah git the forty-four into toon then jump oan the subway fae there. There wis aboot twelve ay us at the bus stop cursin'. The next wan showed up, but that wis half an hour later. The driver had said the bus in front ay him had broke doon. Everybody wis givin' him pelters; no sure why, it wisnae his fault another bus had packed in."

He jist kept starin' at me, like he wis tryin' tae read ma mind n see if ah wis full ay shite or no.

"Ah'm tellin' the truth boss, hand oan ma heart, honest tae God."

"Ah know yi are Billy, ah can see it in yir eyes. Noo, git in there, git changed, n git oot oan that park wi the rest ay the boys n git tae work."

Efter the trainin' session the boss came up tae me wi a big grin oan his chops.

"Good work the day kid. Yi redeemed yirsel efter showin' up late."

"Thanks boss, it'll no happen again. Ah'll git an even earlier bus fir the derby game or mibby even try the train intae toon. Ah'd git ma uncle tae bring me in if ah could, but he works weekends ahint the bar at the Tannochside Miners Club."

Big Walter's face really softened. His eyes even had an element ay sympathy aboot them.

"Yir right yi won't be late, ah've arranged fir wan ay the club motors tae pick yi up at yir hoose oan Saturday. Midday, sharp."

"Really?"

He laughed. Ah must've acted like ah'd jist won a contest wi a belter ay a first prize.

"Aye, really."

"That's unbelievable boss. Ah don't know whit tae say. Ah owe yi wan."

"Yi owe me fuck all, but if yi really want tae return the favour, jist make sure yi give me everythin' yi've goat if yir given the chance tae play at the weekend."

"Boss, ah'd put ma life oan that."

Ma maw n ah walked oot the front door. A big black BMW sat right ootside the front gate; stocky fella in a navy blue suit goat oot the driver's side. Ah wis amazed, no jist at the chauffeur service, but aw oor neighbours wir oot oan their front steps n broke intae a round ay applause. Yi wid've thought ma maw wis the Queen or somethin', givin' them aw wan ay they wee posh waves, mainly jist a waggle ay the fingers, like aw the folk had been oot fir ages, bitin' their fingernails, awaitin' *her* arrival. She wis a total card. She had oan a pair ay jeans, rid coat, n a Blue Crew scarf, but continued tae lap up the atmosphere like she had oan a long glitzy frock n matchin' hat the size ay a satellite dish, headin' oot fir a public address at the Hamilton Races.

"Git stuck right intae this mob the day, Billy," said a voice tae ma left.

It wis auld Charlie Grierson, the widower through the wall fae us. Little frail fella, in his 80s noo, gettin' mair stooped over by the day, but still first up fir the karaoke every Friday night at the bowlin' club. Great guy, n had telt me wan day he'd been a Blue Crew fan before he'd taken his first shite.

"Ah'll score the winner jist fir you Charlie," ah said, jist fir the sake ay it, even though there wis nae guarantee ah'd git a run oot oan the field; ah knew it wid make the auld boy's day.

"That's the spirit, Son," he replied, givin' me the best thumbs up he could manage wi his arthritis ridden hands.

The boy wi the suit stood wi the pavement side back door ay the 7-series held open.

"Mam, Sir," he says, big smile appearin'; huge space between his two front teeth that yi could've handbrake turned a school bus intae.

The guy seemed genuinely happy tae be cartin' us aboot (probably goat free match tickets working fir the club). He looked like a white version ay Mike Tyson; rock solid build n no much ay a neck tae speak ay.

We climbed intae the back seat. Plush wid've been an understatement, n certainly a lot different fae ma uncle's rust bucket wi the fag burns oan the upholstery. This wis pristine, had that "new car" smell tae it, beige leather, the saft kind anaw, the stuff that yi comfortably sank intae n left an imprint ay yir arse cheeks fir aboot half an hour efter yi goat oot. Widnae make a good getaway vehicle ah thought; ah'm sure wi technology these days bum cheek marks could be as good as fingerprints if they goat a plaster cast ay them quickly enough.

Ma maw looked over at me fae her position behind the driver's seat; a wee raise ay 'er eyebrows quietly statin' her delight.

"Would you like any particular type of music or radio station?" said White Mike, checkin' his mirrors n pullin' away up the street.

"Stick oan Real Radio?" ah replied, chimin' in super quick afore ma maw suggested we sat in silence n jist enjoyed the view. She wis famous fir sayin' that. Enjoyin' the view. Yi'd think we lived in Fort William or aroon Inverness or somethin', no a council estate jist east ay Glasgow, best known fir graffiti, broken Buckie bottles, n the occasional boarded windae.

We pulled up tae the main entrance ay Govan Stadium, comin' tae a smooth halt. White Mike jumped oot n opened the back door oan ma maw's side beside the pavement, extendin' a hand n helpin' 'er oot like the gentleman he wis. The same invitation wisnae offered tae masel which wis greatly appreciated.

"Have a lovely day Mam," he said.

"Thanks son, appreciate yi drivin' us in," she replied, still feelin' like royalty.

Maw proceeded tae walk towards the entrance, White Mike keepin' a close eye oan 'er. He turned back tae me n whispered.

"Git intae these bastards the day Billy Boy."

A wee Masonic handshake later n the big fella wis oan his way.

"Whit a nice boy," said ma maw.

"Too right."

"Hi Billy, hi Betty."

Isabel appeared ootae naewhere.

"Hiya," ah said, ma teeth makin' an involuntary appearance; ah wis delighted tae see her.

She wis lookin' different, in a right good way, dolled up, dark hair aw shiny n caressin' 'er shoulders, a light dose ay make-up, n even bright rid lipstick, enhancin' her awready saft n ripe lips. She had oan a short rid skirt, dark blue tights, n a pair ay knee-length white boots (aw the colours ay the team) n a black leather jaicket, front zip open, wi a Blue Crew jersey oan underneath, the emblem oan display. Oh my God, sex oan a plate wi aw the trimmins. Super sexy in fact, but a real touch ay class. Quality burd.

"Hiya hen, where wir you hidin'?" said ma maw.

"Just hangin' out in the entry way. I only got here about five minutes before you. How you feeling Billy, excited?"

Ah wis excited aboot the game awright, but right noo she wis the wan gettin' me aw rattled. Holy shite, ah'd always found 'er attractive, but at the moment she wis sendin' electricity through ma entire body.

"Mair excited than yi'd believe," ah said, daen everythin' in ma power tae prevent any droolin'.

"Oh, I believe you Billy."

If only she knew.

"Great tae see yi doll, yir lookin' a million quid by the way. Are they new boots?" said ma maw, gawkin' at 'er footwear. Ah viewed it as an open opportunity tae stare doon at 'er thighs. Shit, yi could've cracked open walnuts wi they beauties.

"Got them a couple of days ago. Figured I'd do the whole red white and blue thing today."

"Yi look lovely, hen, really suits yi."

"Aye, yi dae look great," ah said, this time feelin' the saliva fillin' up in ma mooth, dyin' tae start dribblin' oot.

She gave ma maw a strange wee glance n smiled.

"Thanks Billy."

"Right, you girls ready tae git this show oan the road?"

"As ready as I'll ever be I suppose," said Isabel, rollin' 'er eyes.

"Whit wis that look fir?" ah replied.

"I think your girlfriend and her pals are here."

"Ex-girlfriend."

"OK, ex-girlfriend."

"How dae yi know it wis them?"

"Loud, skirts looking more like thick belts, make-up obviously applied with a trowel and thick enough you could sign an autograph on their cheeks, and basically acting like they were heading out to a club rather than attending a football match. And to add further insult, *she* is wearing a green skirt."

Her eyes rolled again n so did ma maw's.

"Aye, that wis probably them, hen," replied ma maw.

Ah didnae know whit tae say; talk aboot bein' between a rock n a hard place. It did sound like Charlotte n 'er slutty pals though.

"Right, can we go in and focus oan whit we need to be concentratin' oan?" ah said, changin' the subject rapido n gettin' everybody back ontae the task at hand. Ah didn't have any time fir bickerin' the day.

Whit a buzz it wis walkin' through the main doors ay the stadium; there wis jist somethin' aboot it that raised the arm hair. Ah couldnae put ma finger oan exactly whit it wis, but it oozed history, success, n extreme importance. Mibby it wis aw three things n the realisation ay noo bein' part ay such a famous establishment.

There wis such a contrast tae the interior. The foyer floor wis decked oot in white marble, kinda plain n givin' aff an almost cold feel. Cool turned tae warmth in a rush though. Tae the right wis a wide staircase yi could've drove a Ford Escort up. The bannister wis a hand carved mahogany number spiralin' up tae a plush landin' at the tap, decked oot wi black leather sofas n armchairs.

A boy in a dark blue double-breasted suit, white shirt, n club tie greeted us. Ah'd never seen him afore but he knew me.

"Afternoon Mr. Ferguson. This must be your two sisters," he said, somehow managin' tae keep a straight face.

Ma maw wis tickled pink, doin' that wee giggly schoolgirl laugh. The boy wis aboot her age anaw, short dark hair wi a bit ay grey speckled through the sides, n a couple ay fine wrinkles across the foreheid. No a bad lookin' fella fir his age if ah may say so masel. Obviously a bit ay a ladies man, but it wis good tae see ma maw gettin' a compliment; she'd been strictly celibate since the passin' ay ma dad.

"This is ma maw n ma girl friend…ah mean ma friend…who jist happens tae be a girl…Isabel."

Take yir foot oot yir mooth weeman.

"Nice to meet you ladies. Sandy Henderson, commercial manager of the club. I'll be taking you around the facility in a little while."

We aw shook hands wi him, ma maw's seemin' tae stay connected wi his a little longer than the rest ay us. She wis glowin'. Good fir her, n somethin' tae keep her eyes occupied n away fae starin' doon Charlotte during the tour.

Wi headed up the stairs, me savourin' every spongy step oan the blue thick carpet, eyeballin' each n every wan ay the pictures oan the wall; league championship team photographs over the years, as well as individual shots ay some ay the team's superstars, past n present. Ah wis gettin' a wee bit ahead ay masel but couldnae help wonder if ma mug would mibby end up there wan day.

"We'll just head along the corridor to one of the executive lounges to join the others who'll be with us on the tour, then we'll get the show on the road in about half an hour. It'll give you time to have a wee drink and a sandwich," said Sandy, pointin' along a slim passageway.

"Right Sandy, show the ladies a good time. Ah'm gonnae head tae see the physio fir a quick rubdoon afore the team warm-up."

"Good luck today Billy, ah'll be rootin' for you," he said, extendin' his hand fir a firm shake.

"Aye, go git them ma boy. Ah love yi," said ma maw, grabbin' me fir an emotional embrace.

"You'll do great Billy, I just know it," said Isabel, gettin' in close n huggin' me anaw, a right tight wan.

Ah squeezed back. God she felt good; her breasts jammed intae ma chest like two fresh pan loafs. She smelled incredible. Whatever perfume she had oan wis nothin' less than sensational. Mibby it wis called *Boner*, cause it wis certainly givin' me wan. There wis mair than a little tremor in the boxer shorts. Ah didnae want tae let her go, but figured ah'd better afore a stabbed her in the leg.

A PLEASANT SHOCK

Sandy Henderson ushered us through the doors of the executive lounge. I think he already had a bit of a crush on Billy's mum. His eyes were all over her. I could tell he was attempting to be discreet, but it was obvious for all to see. Not that Betty was any less noticeable. Shame on me for the thought, but I could sense there was likely a little lubrication going on in her downstairs department if you know what I mean. I could relate though. I was a little excited myself after the embrace with Billy, and particularly chuffed with his response. I never let on I felt his erection poke me on the inner thigh, but I could barely get the visual out of my now dirty mind. Those thoughts instantly evaporated though when I set my sights on "her."

The lounge was exquisite, nothing more nothing less. Enormous windows enclosed the far end of the room that framed views of the field better than any high-definition television. Set in the middle of the rectangular room was a round table dressed in a red white and blue cloth, packed with serving plates full of everything from sausage rolls, finely sliced roast beef, shrimp on a bed of ice, smoked salmon, and every type of salad imaginable. It was a fine spread and all on the house.

The place was busy; people cozy on the single black leather seats, nattering as they munched on their food. Others loaded their plates around the buffet table, some stood staring out the windows at the glorious playing surface, and others leant against the bar at the far right hand side, filling their boots with free champagne, beer, and whisky. That's where "she" was, sipping down bubbly and acting like she was a permananet weekly fixture in the place.

I'll say one thing, she was certainly a looker, but knew it, commanding the room, head high to the ceiling; her six inch platform shoes elevating her like a set of stilts. She was loud, extremely loud, almost like she was slightly hard of hearing or had earplugs in, but I doubted either of those. She just loved the sound of her own voice, no doubt believing everyone gave a shite about the nonsense flowing from her pretty gob. The sad thing was some folks were enthralled with her stunning conversation topics. Apparently what Britney Spears, Paris Hilton, and Lindsay Lohan have in common is that they've all had their vaginas photographed by paparazzi while being commando in the back seat of a car. Sophisticated chit-chat indeed, and highly appropriate within the current confines. Her two slutty carbon copy friends were impressed though, toasting their champagne flutes, and the four smartly dressed gents in their forties next to them at the bar smiled and nodded their heads enthusiastically like they'd just been recipients of some groundbreaking information. It was amazing how a perky pair of tits and a tight arse in a mini-skirt had such a hypnotic impact with men, regardless of what sewage was spewing from their sultry lips.

She'd never laid eyes on me before (or not that I was aware of) and I doubted she'd even heard about me in conversation. I'd never seen her before today either, but I knew it was her; unfortunately I'd heard more about her than I'd ever wanted to. So many stories had been relayed to me it felt like we'd grown up together. My assumption of her being "the one" was rapidly confirmed.

She was on another rant, too absorbed with her self-importance to care about anyone else in the room never mind the fact Billy's mum and myself had joined the crowd. This time even the gents fixated on her bulging breasts glanced at one another with vacant looks.

"I'm fascinated by these Hollywood gossip writers. They're so clever aren't they? I love the nicknames they tag these super couples with. Like when Ben Affleck and Jennifer Lopez were together they went with Bennifer. Then someone came out with Brangelina for Brad Pitt and Angelina Jolie."

I was losing the will to live. Now, I was no rocket scientist myself, but to consider the concept of combining two names together in an abbreviated *format and* actually *viewing it as "clever" was nothing less than thick as a plank of wood. It got worse, just when I thought dumb had squeezed its way into a new definition.*

"I know it probably would never happen…"

At least she had the sense to begin with that acknowledgement.

"…but I always thought it would be cool if Bear Grylls and Barbra Streisand got together. I'm pretty sure they'd label them as 'Bearbra.' How funny would that be? I know it's spelled B-E-A-R like the big furry animal, but to say it with the Bra combination would create the image of B-A-R-E as in naked. Isn't the idea of a see-through bra hilarious? Having a bra on but your nipples on display makes me chuckle. I really should market that idea. I think a Barebra would be an awesome name and could really catch on as a popular underwear fashion accessory."

In my mind a goldfish had more intellect. The thing was, she bought into every word that was unfortunately escaping from her mouth, and surprise surprise, her two puppets for friends were right there with her.

Then she shut-up, almost as though a switch had been flicked. Her bubbly persona and jovial expression transformed to that of a snarling wolf as her vision locked onto Betty like a laser sight on an M16. I was in shock. The venom in her eyes was indescribable, almost visibly flowing from the pores on her face. Betty was still flirting with Sandy Henderson, touching the forearm of his suit jacket, giggling at some comment he'd made. Almost instinctively her grin narrowed, slowly turning her head around in the direction of the bar like she could feel a set of eyeballs mauling her…and she was spot on. The stare down commenced; silent growling, a couple of gladiators ready to do battle. Sandy glanced at me blankly. I just shrugged my shoulders.

Betty took the high road, much to her credit, turning back to us and altering her grimace into a pleasant grin (albeit forced).

"Would you like to join us for a sandwich, Sandy?" she said, looking at him briefly before taking off towards a vacant table in the far left of the lounge, about as far away from The Bitch as possible.

Sandy and I scurried over and sat down. Betty had claimed the chair with the back directly facing the bar. Not me, I wanted to face that slapper, observe her body language and check her glances. She was no doubt wondering who I was now.

Sure enough, our eyes locked within moments. The exchange was no more than a second or two, but felt like an eternity; the cow finally averting her stare and began whispering into the ears of her trashy sidekicks. I waited, it was just a matter of time. They all couldn't look around immediately, too obvious, but it was like I could hear them count to five in their heads (quite an accomplishment for these numbskulls), and sure enough, they both nonchalantly turned to survey the entire room, taking me in as part of their scan. More close proximity gossiping commenced, with a side order of discreet peering over-the-shoulder eye contact, or so they thought; Andrea Bocelli could've warned me I was under surveillance.

Betty was oblivious to all the action; she hadn't stopped yapping to Sandy since the arse of his suit trousers had connected with his chair. My attention rejoined the table.

"I'd recommend the smoked salmon, Betty, it's absolutely delicious. There's also a grated parsnip, carrot, and spinach salad with a balsamic dressing that's surprisingly tasty in my opinion," said Sandy, preparing himself for a visit to the food table.

"Parsnips, Sandy. Aren't they meant tae be a bit ay an aphrodisiac?"

Red, white, and blue. Blue suit, white shirt, and his cheeks were now bright red, his mind now calibrated with Betty's and unable to bury his naughty thoughts. I was loving it. I'd never seen a couple of oldies playing flirt tag before, and this was priceless. It would've made better TV than half the reality shite that littered the screen nowadays.

Sandy composed himself.

"There was supposed to be oysters today as well, but they dropped the ball on that one, so we'll need to make do with the parsnips."

"Oh Sandy, yir so bad. The smoked salmon n the salad will be jist fine."

"I'll be right back," he said, winking as he left, even growing the balls to turn around halfway to the food and smile.

Betty was in Heaven. There was a glow about her I'd never seen before. Any of her thoughts of Billy's ex-girlfriend had been eradicated, overpowered by Cupid's arrow, sent to the corner with the dunce hat on, at least until the love dust cleared from her vision.

"Do I sense a little spark in the air, Betty?"

"No sure whit yi mean," she replied without making eye contact with me; her gaze maintaining focus on Sandy as he awkwardly handled the salad tongs.

"Really?" I said, giving her the raised eyebrows and holding the look.

"Awright, he's lovely," she said, voice getting real low as she ducked her head closer to the table. "Oh my God, he's hot, mibby no in your eyes hen, but when yi git tae ma age he starts lookin' like wan ay they boxer shorts models fir Calvin Klein. Tae be honest wi yi, ah havnae had any thoughts like this since the passin' ay Billy's faither. Ah feel a wee bit guilty but ah cannae help masel. Jist look at that arse," she said, turning her head around again, squinting her eyes together as Sandy bent over to retrieve the cutlery he'd clumsily dropped (his mind no doubt on other things also).

Sandy appeared back, balancing a plate in each hand like an inexperienced waiter, setting Betty's down in front of her extremely deliberately, determined to avoid dumping food in her lap. She smiled at him and said thanks. He reciprocated, including the grin, their eyes once again locked in a trance. It was like I wasn't even there. Sandy sat the other plate of food down in front of him. I was baffled, having assumed it was for me.

"Oh, did you want some food Isabel?" said Sandy, appearing from his daze.

"No, I'm fine for now, but thanks anyway," I replied sarcastically.

"No worries," he said, and went straight back to gawking at Betty.

That was my cue for a visit to the bathroom.

I headed out the lounge and up the hallway to the left, the opposite direction from where we came in, just like Sandy had instructed. When I'd asked him where the bathroom was he looked like he'd just won a raffle, and was delighted to get me on my way and have a bit of alone time before he had to get everyone assembled for the beginning of the tour. He probably had his fingers crossed that a number two was on the agenda for me and that it wasn't going to come out very easily.

I passed the suite next door, briefly peering through the glass. It was *full of suits sipping on whisky and ice in short, stubby glasses. They looked comfortable, almost part of the décor, like they were regulars for every home match and not like the plebs through the wall, excited not to be in the stands right now and virtually biting fingernails waiting for the stadium tour to commence.*

Right turn. Bathroom. Wow, it smelled fantastic and nothing resembling any public toilet I'd ever entered, particularly The Crown House pub I frequented on a regular basis. Holy shit, that place either had sewage pipe issues (which the owner denied) or everyone in the Paisley area were stinky bastards, and it was the female loos I'm referring to. I never understood guys who made comments about hot looking women like, "oh my God, check her out, when she takes a dump it probably smells like roses." Yeah right, shit smelled like shit, some was just shittier than others. I even proved it to myself one evening, having caught myself checking out a female at The Crown House as she stood at the bar ordering some cocktails for her and her friends. The entire place was checking her out. She was blonde, five foot six perhaps, looked like she was just back her holidays (a proper tan, not these fake numbers that are popular these days that scream "I've just been fucking Tango'd"), skin as smooth as a billiard ball, piercing blue eyes, and delicious plump lips designed for passionate kissing. I am purely a meat and two veg kinda girl, never ventured over to the tuna casserole side of the menu, but that night I clearly decided she'd be number two choice in the world for me in response to the "who on the planet would you indulge in a lesbian experience with?" behind Megan Fox. Good Lord, Transformers, she could very easily transform me into a life in the Lipstick Mafia if the notion ever came over her. Anyway, I'm checking this hot blonde out and into my head popped the idea that "when she shits it might be like little scented rabbit droppings." It just happened, she seemed that untainted. Well, I found out how wrong I really was. Three vodkas and diet coke into the night and it was time to pee. As it happened, the hot blonde is right in front of me, even holds the bathroom door open for me, turning and flashing a pleasant smile that only delivered an extra doze of sweet scent into my thoughts of her poo. The façade came crashing down as soon as she entered the closest stall and sat down. Her arsehole started making noises that could only be replicated by a brass band whose members were continually sitting up and down on whoopee cushions as they parped on their trumpets and trombones. It was a staggering ensemble, but the smell was like she was shitting out dead animals. Took me all my time not to gag. She was the stereotypical example of when, "bet her farts smell like freshly baked apple pie" or "her arsehole could probably double up as an air freshner," were used, but that day it was proved to me that everyones shit reeked.

Anyway, I digress. This bathroom in Govan Stadium was like an air freshner. Not even a hint of a foul stench, and did actually smell of roses, which stood to reason considering three bunches of them were neatly nestled and evenly spread across the sinks counter top in front of the large rectangular mirror. The sinks and floor tiles were dark blue and everything else from the walls, counter top, and stalls were pristine white. Needless to say the red flowers were a nice and appropriate finishing touch.

I selected the stall furthest from the entrance door; not sure why, it was just a habit I'd adopted in public toilets over the years, unless of course there was a log still swimming around, looking up to greet my arrival. No such issue on this occasion, and I was highly impressed, smiling as I took notice of the automatic flushing sensor.

No sooner had my bare arse touched the seat (usually I'd be perched a couple of inches above seat level on a manufactured toilet roll mattress, but these really were spotless) I hear a strangely familiar gaggle enter the room, their high-pitched and irritating squawkes echoing across every cubic inch of the place.

'Oh for fuck's sake' were the only fitting words that ricocheted inside my cranium. Trust me to be on the same pissing schedule as those slappers. Phenomenal. I needed a face-to-face encounter with these trollops about as much as an appointment with a gynecologist with enourmous sausage fingers.

"Oh my God, this place is awesome," said Billy's ex; it was highly similar to the phrase she'd used upon entering the stadium.

"It smells really fresh in here," said one of her loser friends.

For once I found myself in agreement, but part of me was gutted I didn't have a big shite brewing so I could make things instantly unpleasant for them. Then I thought, 'they have no idea I'm in here'. Each of the stall doors were closed as well; those ones weighted to remain closed when unoccupied.

With my door locked I lounged back and raised my knees, heels perched on the front edge of the seat. There was about an eight inch gap between the bottom of the door and the dark blue tile. They didn't need to know I was here.

I could tell all three of them were lined up side-by-side glaring into the mirror at their make-up caked cheeks, applying another unnecessary layer and topping up the lipstick or gloss.

"I didn't need to go but I do now. I think champagne makes me pee," said the other one, whatever her stupid name was.

Wow, liquids make you pee.

She moved closer, her high-heels clanking on the tile, louder and louder, but unlike me she was a 'nearest stall to the entrance' type of girl. Sweet, first bullet dodged. Her door lock clicked and she dunked down on the seat real quick, extremely quick. No surprise really. No need to take time pulling the skirt down, it was short enough that a slight tug upwards was a more efficient option. I doubted if an underwear obstacle was even in the equation.

Toot.

As far as farts go it was a poor effort, but the little squeak was amusing nevertheless. She giggled.

"Oops," she said, followed by a nervous laugh.

"Ewwww," replied the other two in chorus like it was a response programmed into their DNA.

"It doesn't stink."

"You always say that, Fiona," said The Bitch.

"This time it really doesn't."

"Remember that one time…"

Oh Christ, it was like an American Pie movie.

"…when we were out with those two boys at the Bombay Village Indian restaurant in Hamilton and ended up in that cool little wine bar in Cadzow Street afterwards? You sneezed at the table and farted at the same time. You can't say that didn't stink. Jesus, you nearly cleared out the place."

"They found it funny."

"Yeah, but they found it gross as well."

"It didn't stop Jeff going down on me that night."

Too much information. Classy chicks indeed.

"Yeah, those two boys were up for anything. Jamie was a real filthy little bastard. I still can't believe we swapped during the middle of the night."

Sluts!

The other friend applying make-up chimed in.

"Talking about men, there's plenty around here that seem like they're loaded."

The Bitch responded.

"No doubt. All those suits in the lounge next door to ours are oozing cash. We could score with any of them, but most seem like they're in their forties, business types that would probably bore the arse off a deaf mute. No, the players are who we need to get mingling with. They're much younger, better looking, don't have beer guts, and are in the media spotlight virtually every week. Just think how famous women like ourselves could become in no time at all if we were attached to one of their arms."

I couldn't believe what I was hearing; money grabbing whores. I wanted to storm out and give them a piece of my mind, but they were on a roll.

Fart pants flushed and joined them again.

"So do you think you'll get back together with Billy?"

"What do you think?"

There was the sound of two smacks, like The Bitch had just shared a high-five with each of them.

"He won't be able to resist. I just wish I knew who that little slag is that's with his cow of a mother. Who the fuck does she think she is staring at me? She has nothing on me though so I'm not worried. I'd be surprised if I don't end up in bed with Billy tonight. I just hope I can stomach that stump. Pretty sure I'll be asking for it doggy so I don't need to look into his eyes or catch site of the deformity. I figure if I get back with him for six months that should be more than enough time to get sufficient exposure at charity events, in newspapers, and TV appearances. By then I'll probably have my own pissy bullshit charity on the go that'll make me a household name and good enough to make it on my own."

"You're a genius, Charlotte."

"I know Fiona, I know. Now, let's get back to our free drinks and I'll work on getting you guys to meet some of the players on the team."

Off they went, none the wiser I was perched on one of the thrones. Tears streamed down my face.

I knew it, I just knew it, but hearing the words from her mouth wasn't something I'd been prepared for. That user, excuse for a member of society, and to be disgusted by his leg. Poor Billy. He was adorable, good looking, a genuinely great guy, and his leg was anything but ugly. My love for him was stronger than it had ever been.

I stood at the sinks staring into the mirror. I could still smell their sluttyness. It wasn't cheap perfume, but they certainly were. I looked like arse, black mascara trickling down both cheeks, somewhat resembling a panda, eyes all smudged from rubbing them.

I cleaned myself up best I could, a final glance, moderately content with what was staring back at me, and headed out. I'd been so looking forward to the stadium tour, something I'd wanted to do for a long time, but my mind was elsewhere. There was no way I was letting that bitch ruin Billy's life. He'd been through enough, more than any human being ever should, and was finally in a happy place he never thought he'd find himself. Another knife in the heart was something he didn't need or deserve, and her wrecking him mentally again could potentially destroy him permanently and jeopardise his new career. I would be confessing everything immediately after the match. There was no way I'd be giving her the opportunity to get her claws in under his skin again.

Heading back up the corridor my heart sank; I could almost hear it pounding. Walking towards me was Billy.

"Hi," I said, trying like a beast to create a happy persona.

"You awright?" he replied, staring deeply into my face.

"Great. Having a great time. Just taking a quick toilet break before the tour. Doing great though."

"Why dae yi keep sayin' the word great?" Yi sure yir awright?"

"Couldn't be better," I said. His eyes were still firmly locked on mine.

I fought and fought inside, but I lost, miserably. I strained my lower lids, attempting to muscle them outwards a little, catch the water than was building up, but no surprise I crashed and burned at that also and my tears tumbled freely.

"Whit's wrang, Isabel? Did somebody upset yi?"

"Something like that," I whimpered.

"Tell me who it wis n ah'll give them a piece ay ma mind."

"It's nothing. I'll be fine."

"Tell me," he said, raising his voice a little.

I liked it. He cared. I was now in submission.

"Your stupid fucking ex-girlfriend."

It just came out. All my plans to divulge everything after the most important game of his life flushed down the bowl forever.

"Charlotte?"

"No, your other ex-girlfriend."

"Huh?"

"Of course that's who I mean."

"Awright, calm doon. Come here," he said, holding out his arms.

I couldn't get into his grasp quickly enough, grabbing tightly around his back and burying my face between his neck and shoulder. I sobbed, wailing really, but my mouth's contact with him muffled things slightly. I couldn't believe my behaviour, but I'd gone too far not to come clean. If I lied (which I always did badly) it would likely leave things hanging and create a distraction for him during the match anyway.

He rubbed my back, whispering gentle and soothing words in my ear. He gradually pulled away. I could sense his eyes on me but my head was bowed, until I felt his fingers under my chin, slowly lifting.

"Right, enough ay this pish. Whit's wrang? Whit did she dae?"

"I overheard her and her friends talking in the bathroom. I was in one of the stalls, but they didn't know I was there."

"Whit wir they talkin' aboot?"

"You Billy, and it wasn't nice."

His expression changed, brow furrowing. I rubbed my eyes.

"Whit wis she sayin' aboot me?"

"She was mouthing off to those two scrubbers about how she was going to get you back."

"And that's bad?"

"I'm not finished Billy."

My glower must've been nasty as he took a tiny step backwards.

"Awright, go oan."

"She was all smug, bragging that you wouldn't be able to resist her advances, saying you'd be back in bed with her tonight."

"It's still no soundin' aw that bad," he replied, smile beginning to appear on his lips.

"BILLY!"

"Continue."

"She said if she was in bed with you she hoped she could stomach looking at your stump…"

That took care of the smirk. Shock was now a more appropriate expression.

"…how she'd ask you to do her from behind so she wouldn't have to catch site of it. She said getting back with you for about six months would be enough time for her to get noticed by the media and television cameras and by that time she'd be a household name in her own right, then she'd dump you. She's planning on using you Billy. She also referred to me as a slag and called your mum a cow."

It had been quite the rant and I took a big inhale.

Billy looked vacant, saying nothing, perhaps digesting my outburst. I couldn't take the silence any longer.

"You believe me, right?"

He was still speechless.

"I'm telling you the truth, Billy."

Finally he showed a pulse.

"Ah know yi are. Yi've always been honest wi me n ah know yi widnae make somethin' like that up. Ah don't know whit tae say."

"Just tell me you'll kick her to the curb no matter what. You're too good a guy for her Billy and you don't need any more hurt in your life."

Again he paused, processing it all.

"Oh, don't you worry aboot that. She's oot oan 'er arse forever."

It was music to my ears and I managed a grin, albeit only a slight one.

"I didn't want to tell you before the game Billy. I'm sorry. I didn't expect to see you right now and my emotions just got the better of me."

"Don't worry aboot that. Ah'd rather be prepared than make a cunt *ay masel. Anyway, nothin' could take ma focus away fae this game the day. Ah've dreamed aboot this ma entire life."*

My heart rate put the brakes on, slowing down to a regular rhythm. The relief was incredible knowing I hadn't messed things up after all.

"Thanks Billy, I don't feel so bad now."

"Naw, thank you Isabel. It's good tae know somebody's goat ma back."

Billy glanced at his watch.

"Yi should probably git back, yir tour will be kickin' aff in a few minutes."

"I suppose. Right, I'll get on my way. I know I've said it already, but good luck, and get tore into this bunch. You know where me and your mum are sitting, so make sure your goal celebration or celebrations are aimed at us," I said, presenting it in a joking fashion, but meaning every word of it.

"Yi can count oan that."

"Quick hug?"

"You bet."

I squeezed him tight, pulling my lower half in close, hoping to feel his excitement once again, but no luck this time.

"Go get them Billy."

I turned and made my way back towards the suite.

"Hey."

I glanced back.

"Wan thing afore yi go. Why wir yi so upset aboot whit Charlotte said?"

Wasn't expecting that one. Think. That wasn't happening very clearly. Come on brain, sync with your mouth. Negative.

"I care about you Billy, a lot."

Shite.

"Like carin' aboot a friend?"

"No."

Double shite. Instant beamer. Please just die.

I turned and walked, face on me like a ginger's suntan. Billy said nothing more; he didn't have to, I'd laid all my cards on the table.

PRE-MATCH PISH

It hurt tae the bone. Whit a pure cow. Ah couldnae believe the spotlight n money grabbin' bitch. Played me like an acoustic guitar, me dancin' alang tae every rift like ah wis back in the army takin' orders aff ma sergeant. Ah wis an idiot, blind. Love wis blind. She had a spell oan me; *had* bein' the operative word. Tae think ah'd bought intae aw her pish. Poor Isabel. Thinkin' ay the tears in 'er eyes had me fillin' up. She liked me fir me, Charlotte loved the situation she might find hersel in; picturin' the life ay a celebrity footballer's wife, in the newspapers wi 'er fancy outfits oan, gettin' picked fir modelin' jobs she widnae've goat a look in fir otherwise, n aw the other shite she could squeeze oot ay the opportunity. A small price tae pay fir lookin' at ma stump noo n again n suckin' ma boaby wance every other day fir a few months.

Ah sat in the dressin' room, alone. It wis aboot an hour tae kick-aff. Ma heid wis away wi it. Another kick in the baws. Ah'd telt Isabel ah wis fine but part ay it still hurt, as much as ah wis tellin' masel it didnae. Revenge wid be sweet, n it wis time ah woke up n smelled the coffee n asked Isabel oot oan a date.

The stadium tour wis probably done, n Charlotte n 'er pals wir likely back snuggled up in the executive lounge gettin' battered intae the triangular cut smoked salmon n cream cheese sandwiches, washin' them doon wi chilled Chardonnay or even some champagne. They'd be lovin' the entire experience withoot givin' a flyin' fuck that a game ay fitba (wan ay the biggest in the world) wis startin' shortly. They'd have mair interest in bein' seen wi the TV cameras than seein' me play. Dirty slags. Ma blood wis boilin'.

The changin' room door creaked slowly open.

"How's it goin' Billy?"

Ma spirits lifted immediately. It wis wee Rodrigo Alvarez, ma idol. Sure, ah wis playin' alang side the Latin genius noo, but he wis still ma hero. Ma two-legged hero. Apparently ah wis everybody's wan-legged hero; a runnin' joke in the dressin' room. Ah loved it. The boys wir pure magic.

"Alvo, how yi daen? Ah'm no bad. Ah see yir still sportin' that Scottish accent."

"Si," he said, jumpin' back intae his South American brogue. He wis a funny wee bam, such a character. Ah laughed oot loud.

"Yi ready fir the game the day?" ah said.

"We're takin' them doon Billy. I'm gonnae run at them until ah drop deid."

"That's the spirit."

"You don't seem yirsel Billy. You a bit nervous?"

"Si," ah replied, tryin' tae keep the grin aff ma face, but ah couldnae.

Wee Alvo laughed anaw, but he went back tae a straight face real quick.

"Seriously Billy, is there something botherin' you?"

"No really."

"So there is somethin'?"

"Jist some wimmin trouble," ah said, lookin' tae the flair, a bit embarrassed ah wis even mentionin' it.

Ah could see he wis aboot tae give me some words ay wisdom, openin' his mooth tae talk, jist as there wis a knock oan the changin' room door. Ally McDowell, assistant coach, poked his heid roon.

"Billy, there's a few lassies here, eager tae see yi."

Ah knew who it wis, dyin' tae tell the assistant boss tae tell them tae go fuck themsels wi a second-hand rusty dildo, but nae sooner had the thought entered ma heid, the bints burst in, three sheets tae the wind, backin' up ma earlier idea they wir up livin' it large in the executive box.

"Hi honey," she said, aw buzzed up, 'er two slappers fir pals gigglin' their faces aff.

Wir they laughin' cause they wir a bit sparkled or wir they laughin' at me? Ah needed tae stay focused oan the match, but ah wis findin' it tough, bitin' oan ma bottom lip, determined no tae lose the plot. Honey? She wis yappin' like we wir back thegither or somethin'.

"Whit dae yi want Charlotte? Ah need tae concentrate oan the game the day. Ah'll talk tae yi efter wir done. There's a few things ah want tae talk tae yi aboot anyway."

The last part sailed over 'er heid like ah hadnae even suggested there wis a problem.

"You don't need to be like that Billy. We just wanted to wish you luck and get a chance to see the changing room."

Ma arse. Wish me luck. Mair like doon tae be nosey, mibby see if aw the other boys wir here so they could flash their tits aboot n git some attention. Wee Alvo wis jist sat across fae me, absorbin' the situation, but ah wisnae sure if he knew where tae look. That Ashley n Fiona had their laser vision honed right in oan the Latin maestro, probably dyin' tae start touchin' themsels. He wis way too classy tae give the time ay day tae they two tramps.

"Well, take a quick look aboot n head back up tae the box. It's jist a changin' room Charlotte; wooden benches, lockers, big bath, set ay showers, n a few pissers. It's no exactly the inside ay Buckingham Palace."

"I know that honey, I'm just being interested in where you work."

Interested in where ah worked. Aye, n then 'er arse fell aff.

"Awright, well go take a wee nosey then let me git back tae focusin' oan the game."

She sat 'er purse doon oan the wooden bench beside me n started tae walk in the direction ay the showers, afore stoppin' real quick.

"Who's your friend?" she said, eyeballin' wee Alvo who jist sat there lookin' back at 'er, probably wonderin' why she wis askin' me n no jist introducin' hersel. Whit a space cadet she wis, total rocket. Nae clue.

Nae business bein' in Govan Stadium at aw never mind wan ay the fancy boxes. Who's yir friend? Everybody in Scotland knew Rodrigo Alvarez. Ah'd even spoken tae 'er aboot him afore. She never listened though. Complete nugget.

"Rodrigo, this is Charlotte. That's 'er pals Ashley n Fiona."

The weeman, pure gent, stood up n shook aw their hands.

"Nice tae meet you all," said wee Alvo, glancin' over at me wi a funny look.

"Do you play on the team as well?" asked that tart Ashley, stickin' 'er big fake juggs oot as the words left 'er mooth.

Whit an embarrassement, total rid neck. He mair or less wis the team. Star man. He never flinched though, took it in his stride. No even a laugh or cheeky comment fir the daft cow. Total professional at aw times.

"They let me oan the pitch noo n again," he replied, little sneer n a glance in ma direction.

"Oh my God," said Fiona, aw dramatic. "You are so cute, Rogerio."

Rodrigo, ya dumb slapper.

"You look like you're from South America or something, but you've got a little rough Scottish accent going on. Girls, he's a bit like that Paki guy who owns the corner shop at the end of Bothwell Main Street who sounds like he was born in Easterhouse or Shettleston. You just don't expect it. Too funny."

Paki? Such class.

"Are you married?" Ashley asked, boobs juttin' oot again.

Nae messin' aboot wi this gold digger.

The weeman never said a word, just flashed the band oan his left hand.

"Awww, that's a shame," she replied, basically tellin' the weeman she wanted tae git 'er gums aroon his plums.

No a shame fir him ya daft bint. Yi might be no bad lookin' but compared tae his missus you're Susan Boyle.

Ah had tae step in.

"Right ladies, go take a quick look aboot then git yirsels back up tae the box. The manager n the other players will be in here shortly n if yir still here when the boss comes in fir match preparation he'll go aff his nut."

"OK Billy, we can take the hint. You girls coming for a quick look with me?"

"Not unless there's naked footballers in there," laughed Fiona.

Charlotte gave me an inquisitive stare.

"Naw, there's naebody in there. Fir fuck's sake."

"Girls, want to just head back to the lounge?"

Surprisingly enough they baith agreed.

"Will you come and see me in the lounge after the game Billy?"

"Ah widnae miss that fir the world, honey."

"See you then. Good luck. Nice to meet you Rogerio."

"Bye Rogerio," said Ashley and Fiona, like a simulataneous broadcast.

Rodrigo. Rodrigo. How many times…

The door closed ahint them, me right there making sure it wis shut tight, shakin' ma heid in frustration. Wee Alvo laughed.

"Don't say a word Weeman."

"Ah didn't."

"Fuckin' clowns the lot ay them."

"Good lookin' clowns though."

"Good lookin' sluts mair like. Thongs doon quicker than a concrete balloon. That wan Ashley, the wan that wis disappointed yi wir married wid still suck yi aff right efter yi'd ran aboot sweatin' fir ninety minutes, nae shower necessary, if she thought yi could git 'er in front ay a TV camera. Right dirty slapper. Could suck a melon through a wire-mesh fence. Nickname used tae be 'the hoover'."

"Sounds like fun."

"Yir kiddin', right?"

He started pishin' himself, the loveable wee prick.

"Ah knew yi wir," ah said. Ah didnae really. He goat me good.

"Ah thought you didnae have a girlfriend?"

"Ah don't, Alvo. She's aff 'er rocker. Thinks wir gettin' back thegither."

"That's the ex?"

"Aye, n that's the way it's stayin'."

"But you told her yi'd see her in the lounge efter the game."

"Ah did didn't ah."

"Yep."

"Well, is she in fir a surprise."

"What kinda surprise?"

"No totally sure yit, but ah'm gonnae come up wi somethin'. There will be payback fir aw the shite she's put me through."

KICK AFF

We lined up in the tunnel, us oan the right, them oan the left. Ah smiled as ah could actually see the light at the end ay it. We wir aw amped up. Big Walter Wallace had given a passionate n emotional speech in the dressin' room that wid've had a heroin addict slouched in a corner jumpin' tae their feet n ready tae git tore intae anybody wearin' green n white stripes. Ah couldnae believe ah'd landed a startin' role, figurin' warmin' the bench until at least the second half wis oan the cards. A steady murmur fae the crowd filtered its way up tae us; the anticipation ay oor fans wis mair than evident.

Aw ay us stared straight ahead, me in the middle ay oor line, eyes locked oan Wee Alvo's number ten in front ay me, actin' like the mob next tae us didnae even exist. Ah picked up oan the muffled sound ay oor stadium announcer n radio DJ, Jack Pott (apparently his real name but ah wis sure that wis utter shite – he used tae announce a load ay different fan prizes at half-time) daen his over excited team introductions in his cheesy tone.

"RIGHT BOYS, HERE WE GO. INTAE THIS MOB," shouted oor keeper n captain, Neil McGregor at the front. We jogged forward, ma heart racin', adrenalin speedin' through me. It wis gettin' lighter wi each stride, arm hair sittin' like hunners ay tiny hard-ons. Ah appeared in the sunlight, absorbin' the rare Scottish rays n the expected claps n cheers. Simply the best feelin' ever. Orgasmic.

Ah'd been tae many a derby match, up in the stands, n the buzz aboot the place wis second tae none, or so ah thought. The vibe doon oan the field wis jist bonkers as ah felt the saft turf under ma left boot. The atmosphere compared tae the Leith City game wis ramped up exponentially. It wis like the exhilaration fae each stand wis jist beamin' doon n collidin' wi a massive ecstatic explosion in the centre circle. Unbelievable, but it wis the dug's plums.

Wee Alvo n masel passed a baw aboot oan the Main Stand side ay the park, no far fae the eighteen yard box oan the Brushloan end, nothin' fancy, jist a wee bit ay wan touch stuff tae git loosened up.

"BILLY, BILLY."

Aw naw, really?

If there's wan voice every lad in Scotland can recognize fae a distance it's their maw's. It wis a quick flashback tae the late nights as a youngster, playing fitba at the park a stone's throw fae oor hoose, when she'd shout fae the front doorstep, signalin' it wis time tae come hame n git ma jammies oan.

Ah looked up; if ah ignored 'er she'd jist keep shoutin'. No whit ah wis expectin', at all. Draped over the edge ay the first tier wis a white banner, hangin' doon aboot three feet n spread oot aboot four. In big black writin' it said:

LOVE YOU BILLY, ISABEL xxx

Alvo must've passed me the baw. It rolled aff the park. Never even seen it comin'. Ah wis hypnotized.

"SHE DOES, SHE REALLY DOES," screamed ma maw, pointin' at Isabel like ah didnae know the Isabel referenced oan the sign wis the wan sittin' beside 'er.

Isabel wis noddin' 'er heid n even blew me a kiss. Oor eyes met, like it wis the first time, mine finally open. Ah must've been blind afore, latchin' oan tae feelins fir Charlotte, oblivious tae whit wis right in front ay me, contemplatin' gettin' back wi that leech in order tae neutralize aw the hurt she'd put me through. Ah could feel the warmth in Isabel's pupils, a longin' n lovin' stare that ah'd never experienced in aw my time thegither wi Charlotte. Ah blew a kiss back, 'er palms touched 'er cheeks, aw chuffed, n ma maw started clappin'.

"Billy, focus," came the words fae over ma shoulder.

Ah glimpsed back at Alvo who wis shakin' his heid.

"Sorry Weeman."

"Looks like yi've finally figured a few things oot."

"Ah feel like a million quid."

"She'll be there fir you efter the game."

"Yir right Weeman, time tae concentrate oan gubbin' these bams."

We passed the baw aboot a bit mair, throwin' in a bit ay keepy-uppy in between the wan touch stuff.

"SHE LOVES BILLY, SHE'S NO SILLY."

Another aff the cuff chant raged fae the stands. Ah wis a tad embarrassed if ah'm bein' perfectly honest.

"They aw love you as well, Billy. They don't sing aboot people they don't have a soft spot fir."

Ah've goat the chills, they're multiplyin'.

Ah wisnae losin' control though, but the power the fans wir supplyin' wis electrifyin'. Ah wis pumped up, n even mair when aw the Green Machine supporters cramped intae the Brushloan Stand like sardines started their ain chorus.

"HE'S GOAT TWO KNEES, TWO KNEES, BUT WAN LEG'S STILL OVERSEAS, BILLY FERG, BILLY FERG."

Ouch ya insensitive cunts. Jesus Christ, yi serve yir country, their country anaw by the way, n they still don't have the heart tae cut yi a wee bit ay slack. If only they knew they wir addin' fuel tae ma fire. Ah didnae dare look up tae ma maw. The fans aroon 'er wir probably holdin' 'er back fae jumpin' doon n goin' fir a mad rammy right in amongst that mob, swingin' punches n pullin' hair. It wis aw good. They'd eat their words.

Ah lined up oan the left side ay the centre circle, Wee Alvo n oor other striker, Tam Jennings, side by side by the baw, twitchin' aboot, eagerly awaitin' the peep fae the refs whistle tae git the proceedins underway.

And we wir aff.

We started strong, pinnin' them back towards their eighteen yard box at the Polisland Road end. We squandered chance efter chance though, lackin' that clinical edge. Scrappy stuff really.

Forty-wan minutes showed oan the stadium clock n we wir still locked in a goalless affair. Ah'd done very little n wis findin' it tough tae git involved. Other than a couple ay decent tackles oan the left side n the odd respectable completed pass, it had been a bit ay a drought. Bitterly disappointin'.

We won oor fifth corner ay the match oan the stroke ay half-time (they hadnae even sniffed wan). Craig Jenkins oor right winger hit in a high ootswinger, decent pace oan it anaw, ripe fir attackin'. It wis attacked awright, by their big beanpole ay a centre-half, Aiden O'Leary. Truth be told it wis a great heider. Ah'd been perched aboot twenty-five yards oot, ready tae pick up oan any scraps n unleash a shot oan goal, but aw ah could dae wis watch the baw sail over the tap ay ma nut. It hit the turf, takin' a massive bounce, surprisin' Mike Perry, oor solitary defender sittin' back. As he tried tae adjust fir the enormous jump the baw took, he lost his footin' n went over funny oan his ankle. Their wee arrogant striker wi his long hair pulled back in a right poofy ponytail, Owen O'Neil, wis oan the mistake like jizz oan a pair ay diddies, controllin' the baw tightly n takin' aff rapid fashion. Neil McGregor backpeddled fae the edge ay oor box as O'Neil sped unchallenged towards him. Ah tore back as quick as ah could, but ah wisnae the fastest by any stretch ay the imagination.

It wis wan oan wan, O'Neil pullin' the trigger fae aboot twelve yards oot (or so we thought). McGregor dived tae his left but he'd been selt a dummy, n O'Neil casually took the baw aroon him (oor keeper sat oan his arse feelin' like a right numpty) n calmly rolled it intae the middle ay the net. 1-0 tae that manky mob. Three sides ay the stadium wir in silence, aboot ten thoosand green n white clad nutters erupted n bounced aboot like they wir aw havin' epileptic fits.

Ah stood there in disbelief, shakin' ma heid. We wir aw shakin' oor heids, includin' the management team beside the dugoot n the other forty thoosand rid white n blue bodies who appeared bewildered. Their bunch hadnae even been in the match. We should've been up by at least three, but the name ay the game wis puttin' the baw in the back ay the net n we'd failed miserably.

"Right, focus," said Walter Wallace, firm gaze aboot him as he scanned every single wan ay us sittin' deflated oan the wooden benches ay the dressin' room.

"We've played well. We're kickin' their arses in terms ay possession, jist need tae take oor chances. It's jist been wan ay they days so far. Ah want every wan ay yi tae think ay the second half as the start ay a new game, but wi the thought that yir better than this crowd. Ah'm no goin' tae make any changes yet, but if we don't git back intae the game ah willnae hesitate, so make sure yir givin' it everythin' yi've goat."

Ah breathed a sigh ay relief. Ah'd been pure pish n figured it wis a certainty ah wis gettin' changed intae a trackie afore we left the room. Jammy bastard. It wis time tae knuckle doon and git ma finger oot ma arse.

The second half began lively n certainly a lot better fir me, finally gettin' hold ay the baw, beatin' two men n slottin' a delicately weighted pass tae wee Alvo, but unfortunately their keeper wis alert enough tae read the situation n gather the baw away fae the tip ay the weeman's right toe. Alvo flashed me a wink n gave me a thumbs up, which did wonders fir ma confidence.

Another corner fir us; we wir pushin' like crazy fir an equalizer. Another ootswinger fae Craig Jenkins, but again that nob ay theirs, O'Leary, goat his noggin' there first, but no as clean as before. It floated in the air in ma direction as ah sat in ma usual spot oan the edge ay the box. Withoot thinkin' too much ah caught it oan the volley, flush anaw. Ah watched the flight ay it as it came aff ma left boot. Ma heart sank; it wis headin' right fir the tap corner n the keeper wisnae budgin'. Oor fans gasped, their fans shat it.

Bang.

Fuck.

It thumped the tap ay the bar n went over intae their set ay fans fir a goal kick.

"OOOOHHHH," came the groans fae oor supporters, followed by rapturous applause. It could've been a lot better, but ah felt good, invigorated again.

Ah looked over tae the bench. Big Walter wis right oan the touchline, givin' me a nod n mouthin' somthin'. Ah could read his lips.

"Mair ay that Weeman."

Ah nodded back tae him as he sent Lee McLean (who'd been warmin' up) back intae the dugoot. Ah thanked ma lucky stars; it appeared that withoot that effort oan goal ma efternoon wid've been over.

Ah wis right fired up noo, given a new lease ay life, a final chance if yi like, but ah had tae make the maist ay it; there wis nae guarantee the boss widnae pull me aff if ah didnae show him mair ay the same.

Ten minutes tae go. Like the first half we wir dominatin' possession, but still strugglin' in the final third. Fir the first time since afore kick-aff ah peered up tae where ma maw n Isabel wir. The banner wis still oan show. They wir rallyin' me oan. Tae their right though, another banner wis draped aside Isabel's. Oan it said "OOR BILLY," n had a photo ay me (fake leg n everythin') sittin' oan tap ay an upturned bucket. Ah nearly pished masel; growin' up ah'd been a huge fan ay the The Broons n Oor Wullie annuals. Underneath the words it said "Scottish 2nd Regiment." It took me by surprise n ah glanced up. Beside ma maw wis Big Tam, Davie, n Irn-Bru Stew, ma soldier pals n compatriots fae Afghanistan. Ah hadnae seen them since the explosion. They wir stood there, upright n as stiff as pokers, salutin' me. It wisnae the best time tae git emotional but it wis hard tae control. It wis oot the blue n completely unexpected. Ah saluted them back n pounded ma chest wi ma fist. They jist stood there fixed in their military stance. It wid've brought a tear tae a glass eye.

Noo, ah'm no sure if any ay yi have experienced anythin' ay a similar nature, but if that disnae give yi the determination ay a starvin' pitbull, nothin' will.

We won a throw in oan the left side jist inside oor half. Ah faked like ah wis goin' towards the goal but doubled back, losin' ma marker, trappin' the baw oan the inside ay ma left boot n turnin' sharp tae the inside, nutmeggin' that ginger tosser Scott Lennon, leavin' him in ma rear-view mirror. Ah charged forward, Wee Alvo signalin' tae the right even though he wis tae the left ay O'Leary. Ah looked left though, O'Leary readin' ma eyes n turnin' that way tae defend the pass. Ah slipped it tae his right, Alvo dinkin' inside. It wis weighted tae perfection. The weeman wis through oan goal, jist the keeper tae beat. He pulled his right peg back, ready tae unleash.

THUMP.

Big O'Leary hacked him doon, no even an attempt tae play the baw.

PENALTY KICK.

Ya fuckin' dancer.

Wee Alvo climbed delicately tae his feet. It wis a viscious tackle but fortunately the weeman wis nae worse fir wear. We aw celebrated the award as the ref flashed the automatic rid card tae O'Leary, who didnae have too much tae say oan the matter, takin' the punishment fir his actions like a man, much tae his credit (we wid've aw put in the same tackle under the circumstances).

Alvo grabbed the baw. Naebody challenged him; he wis oor designated man fir spot kicks. He placed it doon oan the little white circle, the ref takin' a quick look, but satisfied aw wis in order. Their keeper, the big lug, wis givin' it jazz hands, shakin' them at Alvo like a right fanny as he stood oan his line, shoutin' back, "YI'VE MAIR CHANCE AY BREAKIN' OOTAE BARLINNIE THAN GETTIN' THAT BAW PAST ME." His nickname wis "The Mooth", n he wis certainly livin' up tae the tag, attemptin' tae git intae the weeman's heid, but Alvo wis havin' none ay it, no even registerin' he'd heard a word ay the taunt.

Cool as a cucumber the weeman took five deliberate steps backwards, eyes oan the goal, a calmness tae him like aw he had tae dae wis pass the baw intae an empty net. Ah wis stood ready at the edge ay the box, shittin' masel, but ready tae follow in fir a rebound should that big lump manage tae parry it oot. The referee gave wan quick peep oan his whistle. Alvo paused, oor fans aw holdin' their breaths, n their fans ahint the goal, shoutin' n swearin' n jumpin' aboot tae cause a distraction. The weeman walked two paces then picked up the pace fir the final three, bringin' back his right leg fir an almighty blast. The keeper guessed, divin' tae his left.

Dink.

Unbelievable. Baws the size ay Jupiter. It wis a little chip shot doon the middle disguised as a rocket fir the corner, almost a carbon copy ay Zinedine Zidane's penalty in the 2006 World Cup final against Italy, wi the exception ay it no clippin' the underside ay the crossbar. It wis nothin' but net. Ah wid've been goin' mental (actually ah wis), but Wee Alvo jist turned roon n gave a determined fist pump, standin' there soakin' up the glory, or he wis until aw ay us jumped oan tap ay him.

Oor fans wir goin' bonkers, their fans erupted intae a minute's silence. Yi wid've thought ever member ay oor support had jist won the pools. Fir them though it almost wis; another goal wid be aboot as close tae an equivalent as yi could git.

"FINISH STRONG, FINISH STRONG. YI'VE GOAT THEM OAN THE ROPES," shouted big Walter fae the sideline.

He wis right, they wir totally rattled, gettin' a bit shirty wi each other anaw.

Eighty-seven minutes showed oan the clock. There wis a nervous excitement aboot the place. Oor fans knew the momentum had really shifted. A 1-1 draw widnae be a horrendous result, but a victory wid completely make their weekend and even take the edge aff gettin' up fir work oan Monday mornin'.

Eighty-eighth minute. We wir pushin' everybody forward, goin' fir the kill, irresponsibly so. A mistake fae me in midfield (too busy lookin' fir the perfect baw forward n no payin' attention tae ma surroundins) as their man in the middle, Murphy, nipped the baw away fae me n slid a nice pass through tae O'Connor oan the right edge ay the box. Oor defence had mair holes in it than a slice ay Swiss cheese, havin' committed that many bodies forward in the pursuit ay glory. The only man back fir us, Mike Perry, did enough tae have O'Connor move tae the ootside n away fae goal n he snatched at a shot fae aboot ten yards away, aff balance slightly, n the baw sailed comfortably wide, no even botherin' big Neil McGregor who didnae even flinch, although he did bolt oot fae his line n beyond the six yard box screamin' all sorts, givin' each n every wan ay us total pelters. He wis quite right anaw. Sure, we wanted the win, but gettin' careless n leavin' wi nae points wis unacceptable. Smart aggression wis the way tae go fir the remainin' time.

Eighty-nineth minute. They're still oan the back foot but defendin' in numbers n tough tae break doon.

Ninetieth minute. The official oan the sideline held up his board indicatin' there wid be two minutes ay added time. The baw's jist inside oor half oan the right. Throw in fir us. Taken pronto then a firm lateral baw tae me fae Barry McIntyre. Nae mistakes this time as Murphy made a lunge. He slid in hard but ah pulled the baw back followed by a quick sidestep n he went skiddin' by, addin' tae the grass stains oan his white shorts. Alvo wis oan the move, defenders shadowin' his every step, but risks had to be taken. Ah lofted a long, high baw in the direction ay goal.

Fuck.

It wisnae the best ay passes, keeper's baw aw day. The big lanky bam jumped, McKinny jumped, n wee Alvo made an effort tae git up in the air next tae the two giants, acting mair as a distraction than a legitimate aerial threat. Ah'm no sure if their keeper shouted "ma baw" tae McKinny or no, or whether the tremble ay anticipation fae the crowd muffled the instructions, but regardless, McKinny goat the tap ay his nut tae it, skimmin' aff it n oot fir a corner. Ah looked like a hero, throwin' in an enticin' baw, but it really wis a bad pass. Jammy twat, but ah wid've took it aw day long.

Ninety-first minute. Craig Jenkins placed the baw doon fir the corner kick. Oor fans oan the North Stand wir goin' mental, shoutin' aw sorts ay encouragement. Their fans near that corner wir firin' words in his direction that could only be described as pure evil. Ah wis sure the line ay polis segregatin' each set ay fans wir takin' mental notes ay who the potential trouble makers wir. Ah stood in ma usual spot oan the edge at the box, nae real marker tae speak ay (they had everybody in close tae goal, buildin' a fortress). Craig took a couple ay deep breaths afore deliverin' a high ootswingin' floater. Big McKinny wis there again wi the heid. As much as ah didnae care fir the big gangly prick, he'd played a blinder. Ah freaked oot. The baw wis comin' in ma direction, oan ma right side. Two ay their mob wir chargin' oot, closin' in fae baith sides. There wis barely time tae think never mind control the baw n pull it tae ma left foot fir a strike oan goal. Ah wisnae sure whit came over me, but instinctively a swung ma right boot at it, surprisin' masel nae end as ah caught it oan the volley, feelin' a vibration pulsin' up ma right thigh. Sure, ah might've made contact, but solid it wisnae, n the equivalent ay a shank oan the golf course. Ah'd swung at it hard though n nearly shat ma shorts as ah watched ma prosthetic leg fly aff intae the air. The gasps fae the crowd this time wir fae aw four stands. Some ay the players noticed but the wans followin' the baw wir oblivious; Wee Alvo wis wan ay the latter, completely focused, stretchin' n managin' tae keep it in n heid it back across the six yard box, me watching in astonishment as the baw n ma fake leg collided, perfect contact, n the black n white Mitre Delta cruised by their dumbfounded keeper n hit the back ay the net. Naebody knew whit tae dae, players or supporters. The place had the atmosphere ay a funeral. Even the ref wis bewildered, eyes shootin' over tae the linesman oan the right who jist shrugged his shoulders. The official oan the left turned baith palms skyward. We wir aw glued tae the ref, aw twenty-wan remainin' players oan the park as well as the fifty thousand plus in the stands. He continued tae contemplate, then pointed towards the centre circle n started backpeddlin' in that direction.

GOAL!

It counted. It fuckin' counted. Bugger me wi a jaggy nettle. Ah couldnae believe it, naebody could. The fans went crazy, each set fir completely different reasons. Wee Alvo grabbed ma leg aff the grass, jumpin' aboot like a nutter, turnin' tae the goal, simulatin' pottin' a snooker baw, ma prosthetic actin' as his cue (their fans didnae like that at aw), me hoppin' up n doon wi joy until the rest ay the team gathered me up in their arms like the league trophy, pointin' me in the direction ay ma maw n Isabel who wir burlin' aboot, huggin' everybody aroon them. Ah turned away, ah'd see them upstairs in a bit.

Their players wir goin' ballistic, surroundin' the ref, givin' it laldy. Ah couldnae blame them really; we wid've been daen the same in their shoes, but there wis nae point. How many times have yi seen a ref makin' a decision, the despondent team arguin' n gettin' in his face, then suddenly a reversal ay the original call bein' made? Exactly. Thank fuck we didnae have a challenge system like they did in tennis or American fitba. It wid've gave them time tae figure oot whit the rule wis while they wir watchin' the replay. In aw honesty ah wisnae sure if it should've counted or no. Technically it wis part ay ma body. Ah wid've bet the hoose on it no havin' happened afore, so ah wisnae even sure if there wis a rule. Right noo ah didnae give a shite. It wis a goal, ma goal, n we wir up 2-1.

The Green Machine kicked aff in disgruntled fashion, still bealin'. Two touches ay the baw n the ref blew fir full-time. Drums began tae beat n flutes began tae whistle. The level ay exhilaration wis somethin' ah'd never experienced afore. Big Neil McGregor n Wee Alvo wir first over tae embrace me.

"Yir ma hero ya wee jammy cunt," said big Neil, whiskin' me up ontae his shoulders, paradin' me aroon the field again.

"THERE'S ONLY ONE BILLY FERG," gushed aroon the ground. Holy shite wis it loud. It must've been as clear as a bell several streets away.

Ah looked tae the sky, hopin' that if there wis a Heaven the noise wis tunin' in crystal clear up there. If there wis ah had nae doubt ma dad wis sittin' proudly, nudgin' his buddies beside him as he cracked open a celebratory can ay Tennant's, toastin' tae "ma boy Billy." Ah pointed upwards n smiled, wantin' tae cry, but ah'd spilled enough tears thinkin' aboot ma auld man over the last couple ay years, missin' him, wantin' him tae be in ma daily life, but today wis a joyous occasion, so ah jist kept smilin', savourin' the moment, n rememberin' the good times. Mibby we'd meet again wan day n discuss the match at length.

We aw headed fir the tunnel. Ah gave Isabel, ma maw, n ma army pals a final wave. The stands wir still partyin' except fir the Brushloan end; aw yi could see wir empty blue seats.

Sandy Henderson wis waitin' by the dressin' room door, shakin' ma hand n tellin' me how pround he wis. Ah told him tae make sure ma maw, Isabel, n ma army mates goat escorted tae the executive lounge. He wis aw over that, sayin' he'd personally see tae it; ah think he wis jist gaggin' tae see ma maw again anyway. Ah asked him fir wan final favour, whisperin' it in his ear, spillin' aw the details. He laughed n shook his heid, but agreed nevertheless.

THE STING

Ah paced up n doon oan the tap landin' near the main stadium entrance, ma muscles feelin' a lot better after the pipin' hot bath. The celebration in the lounge wis gonnae be a beauty. Ah jist wished there had been a way tae git hold ay Ryan, Jimmy, and Big Slim, as ah knew they wid've been in the stadium somewhere. Ah waited. Ma mind wandered, again replayin' the last moments ay the game in ma heid, glancin' doon at ma right leg (noo fashionably covered in the dark blue troosers ay the club issued suit) n laughin' tae masel. Ah wis sure the evenin' news wid be full ay controversy, pundits questionin' the legitimacy ay the goal, Green Machine forum sites goin' aff their nuts, laced wi derogatory comments aboot me n ma leg, but whit wis done wis done n ah really didnae care whit wis said. Anyway, fir every negative retort there wid be wan oan Blue Crew websites statin' we deserved it fir the amount ay possession wi had in the match n how ah deserved a stroke ay good fortune fir aw the trauma ah'd been through in ma life. Ah wis sure even the majority ay neutral observers aroon the country wid agree wi that last part. Regardless, ah couldnae have been happier, n if everythin' went accordin' tae plan, the evening wis only gonnae elevate further.

Finally the main entrance door creaked open, the cool breeze chargin' in hard n immediately drappin' the temperature up oan ma flair, snappin' me oot ma trance ay picturin' a photo ay ma prosthetic in a nice frame, displayed oan the wall ay fame, wi the words "Billy

'The Tin Boy' Ferguson" underneath, etched oan a shiny gold plaque. Ma smile went fae ear tae ear as Isabel appeared, closely followed by Big Tam, Davie, n Irn-Bru Stew, n finally ma maw n Sandy (who wis stuck tae the back ay her like an envelope oan a stamp). Ah peered over the mahogany railin' watchin' their every move. Ah cleared ma throat. They aw looked up at the same time, each n every wan ay them beamin' their teeth back at me. Isabel was magnificent. She wanted me, bad. Ah could jist tell fae the emotion in her eyes. Ah wanted her, bad anaw. It had been a while fir me since ma last game ay horizontal joggin'. Ah felt a tingle.

No noo. Doon boy.

Big Tam came tae the rescue, bringin' me back doon tae earth n away fae thoughts ay smooth skin n sweaty bodies.

"C'mere ya wee prick," said the big fella, runnin' up the carpeted steps, takin' two at a time, reachin' me afore the others had barely taken a stair, grabbin' n squeezin' me in a bear hug wi his huge muscled arms, even plantin' a big slobbery kiss oan ma left cheek.

"Git away wi it ya big saft poof," ah said, laughin' as ah wiped his slobbers aff ma face.

"Yir lookin' good Weeman. Ah've missed yi. We've aw missed yi. We goat in touch wi yir maw a while back, but she said yi wir right doon n wirnae ready fir visitors. We didnae stop thinkin' aboot yi though. Ah wis gonnae call yi again but ah wanted tae give yi yir space, time tae git yir heid straight, n it looks like yi've done that n then some. Delighted yir maw called me last week. Had a helluva time durin' the match gettin' moved doon tae the seats next tae her but a few kind folk agreed tae swap wi us. It's amazin' whit folk'll dae fir ex-military. Yir maw thought it wid be a nice surprise."

"She wis right. Glad yi made it pal, yi've nae idea."

"Aye ah dae, ah can tell fae yir face, Weeman."

Wi good pals a look wis often enough tae tell a complete story. Ah felt terrible ah hadnae made the effort tae contact n see the lads, but wis delighted wi Tam's words that it wis bein' taken like we'd never been apart. He wis a great man. He had everythin', the patter, firm body, and the good looks. His dark hair n piercin' blue eyes wir always a winner wi the ladies. It looked like he'd been keepin' up oan the tan since he goat back fae Afghanistan anaw, the vain tosser.

Davie n Stew wir oan me next, wan oan each side snugglin' in, Big Tam joinin' at the back ay me, grippin' aw ay us n completin' the army reunion.

Isabel approached, timidly, readin' ma eyes. She looked even prettier up close. Ah wis viewin' her through lenses ah'd never had oan afore. Those lips, saft n tender, glistenin' wi the shine fae her gloss, n decked oot in 'er rid, white n blue. Fuck it, ah wis jist goin' straight in fir a smooch. Ma maw pushed by her.

"Oh Billy," she said. "Yi did everybody proud," she said, huggin' me tight.

"Thanks Maw," ah replied, cuddlin' back, feart tae say anythin' mair as ah wid've started wi the waterworks. It really wis overwhelmin'.

"Unbelievable," said Sandy. "That's a memory the day that neither of us will ever forget."

We shook hands n exchanged a stare only two Blue Crew fanatics could comprehend.

"Don't forget about me," said Isabel, standin' there lookin' like she'd been left oot.

"Ah could never forget aboot you. You're ma inspiration fir everythin'."

We kissed, nothin' mental, jist a saft n slow wan oan the lips. There wis definite electricity n nae doubt we baith wanted tae go fir it right there n then, big crazy n wet smooches, claithes gettin' ripped aff, the full bhuna, but we baith knew it wisnae the time or the place.

"I really am unbelievably proud of you as well Billy. If I hadn't seen you play in all your games I probably would've never believed it. You're nothing less than an inspiration to everyone out there."

"Thanks darlin'," ah whispered in her ear. Her last words meant a lot, made me proud ay masel, but it wis true, nane ay it would've happened withoot her mental and physical help. "We can talk aboot us later, noo's no the right time, but ah'm crazy aboot yi."

The puppy dug eyes she returned said enough.

"We headin' tae some posh lounge or somethin'?" Big Tam said, breakin' up the romance.

"We are. Should be a right party. Yi might even git tae meet a few ay the players later oan," ah replied. "But you need tae dae me a wee favour first Big Man. The others can head tae the lounge the noo. Ah'll explain whit ah need n Sandy will help us oot wi a uniform."

Big Tam wis aw confused but nodded his heid anyway. He wis a good sport n ah knew he wid dae anythin' fir me.

***

The door ay the lounge flew open, *almost* hammerin' aff the inside wall; thank you wee rubber door stop. It wis Charlotte, look oan 'er coupon that could've penetrated a bank safe. We wir aw aroon the table in the corner, laughin' n jokin', me in a state ay bliss wi Isabel perched oan ma lap in wan ay the comfy black leather chairs. Charlotte knew we wir there but 'er eyes never wandered in oor direction. Isabel bein' in ma lap wis the reason she'd bolted oot tae begin wi. Why she wis back ah didnae know, but she wisnae givin' us any satisfaction by lookin' over, her gaze wis towards the bar, burnin' a hole in the back ay Ashley n Fiona who wir deep in conversation wi two rich suits; nane ay them had even flinched upon Charlotte's dramatic reappearance.

"ASHLEY, FIONA, LET'S GO," she shouted.

Her two stoogies burled aroon, remindin' me ay a couple ay new army recruits durin' their first day ay trainin'. They baith looked shocked n the suits had a "fuck off cock blocker" expression aboot them. Fiona piped up.

"But..."

"LET'S GO."

Charlotte wisnae messin'. Like the puppets they wir, Ashley n Fiona grabbed their handbags aff the bar, kissed each suit oan the cheek, n headed fir the door wi two full glasses ay champagne in hand, leavin' the two fellas realisin' a ham shank wis oan their to-do list fir the night efter aw.

Charlotte held the door open fir them, grabbin' Fiona's glass fae her, takin' a quick gulp afore slammin' the door ahint her; the shudder vibratin' through the entire room that wis as quiet as a mouse. We aw looked at each other, pausin' briefly, ma maw's mooth aw clamped up, tight as a nun's chuff, holdin' it firm, but it jist became too much. She erupted, gigglin' her arse aff. It wis like a starter's pistol, the signal fir the ruckus tae begin, n by fuck did it begin, oor entire table roarin', Isabel lovin' it; Charlotte definitely no oan 'er Christmas card list. Even the folks scattered aroon the lounge joined in, no really knowin' whit they wir laughin' aboot. Laughter wis infectious. Nane ay us really knew exactly whit had happened, jist that somethin' had n that it couldnae have happened tae a nicer individual. We wir loud, an understatement really. There wis nae doubt the three skanks could still hear oor roars.

"Whit did ah miss?"

Big Tam stood in the doorway, Blue Crew suit lookin' sleek oan him. Aw that wis missin' in front ay him wis a microphone. He looked aw confident, ready tae give a speech tae the nation. Ah loved the bastard, there wisnae anybody ah knew who could command a room withoot even sayin' five words. Natural gift.

He sauntered over tae us, wee smart look oan his face. Ah knew a belter ay a story wis comin'.

"Right, whit have you two been up tae?" said ma maw, still smilin', but switchin' her suspicious gaze between me n Tam. Sandy sat there avoidin' aw eye contact.

"Grab a seat big fella," ah said, givin' Isabel a wee squeeze oan the thigh.

"No right noo, Weeman, this will be quick, but definitely better told from a standing position," he replied, clearin' his throat.

He took the floor, everyone intrigued.

"So ah'm hangin' aboot aroon the corner fae the toilets. Billy's ex goes rippin' by, ragin' it seemed, n straight intae the lassies' pisser. Ah pop back intae the corridor, expectin' her tae be in there fir at least a few minutes. Nope. She's back oot rapid fashion, nae pish, wash ay the face, nothin', jist in there, aboot turn n back oot, face like thunder, nearly bumps intae me. You OK? ah said. 'Hi,' she replied, surprised anybody wis there. 'Yeah, fine, I guess.' Terrible liar she wis. It wis obvious fir anybody tae see that somebody had pissed in 'er cornflakes. If yir guessin' it probably means somethin' is upsettin' yi, ah replied. 'It's nothing. I just want to get out of here. Let's just say my guy is sittin' in the lounge over there with another woman on his lap,' she says, shakin' her nut then givin' me a curious look up n doon. Tell yi whit, she smelled great. Well if there's anythin' ah can dae fir yi jist let me know, ah goes, givin' her the famous grin. 'Do you work here?' she asks. Let's jist say ah'm *very* well connected in this place, ah said, knowin' it wisnae the complete truth, but no exactly a total fib either."

He looks at me n winks. Ah had nae idea what wis comin' next. We'd only discussed an extremely rough plan due tae time constraints.

"Total money grabber that wan. As soon as she clocked the club suit ah wis wearin' she perked right up like nothin' had been botherin' 'er, expression movin' fae pissed aff tae provocative, clit hardenin' up like a metal thimble nae doubt."

He had a way wi words, but he could git away wi anythin'.

"She definitely thought ah wis a big shot. It wis plain sailin' fae there. Ah said 'well if yir guy trouble involves somebody no treatin' yi right then he's a total clown.' Nae offence Billy, aw wis jist playin' a part like we talked aboot. Yi might be a bit ay a nob at times but yir no a total muppet."

Everybody laughed, even ma maw. She didnae even flinch at the clit reference (which surprised me), but then again, anythin' ridiculin' Charlotte wis fair play in her book.

"Wid yi like tae step intae ma office ah said tae 'er. 'Where's your office?' she replied, lookin' aboot. Well yi know me, thinkin' oan ma feet is right up there wi ma ability tae talk shite."

Davie, Irn-Bru Stew, n masel aw looked at each other n nodded.

"It's right here ah said, pointin' tae the wooden door tae ma right. Solid door anaw, no even a windae oan it tae give me a clue whit wis inside. No even any idea if it wis locked or no. She asks 'why should I come into your office with you?' Mibby ah can take yir mind aff yir guy trouble ah said, daen the wee raised eyebrow move as ah pulled oan the handle ay the door. 'OK then,' she said in 'er posh twang. Yir well shot ay that wan Billy. Whit kinda slapper agrees tae come intae a room wi somebody she met thirty seconds earlier. Unreal, but yi wir right she wid go fir it. Anyway, ah pull oan the handle, widnae open wid it. Then ah goat ma heid thegither, pushin' it instead; swung right open. That's when ah nearly had a coronary oan the spot."

"Don't tell me yi went intae a room wi folk awready in it," ah said, totally hypnotized by the entire tale, jist like everyone else aroon the table.

"Worse Weeman. Starin' back ay me wis a hoover, mops n buckets, as well as a bunch ay cleanin' liquids in squeezy bottles perched oan a shelf."

"That wis you fucked then," ah replied, fascinated, but anxious tae hear the next bit.

"Well...no exactly. 'Nice office' she said. Ah wis straight back wi 'ah did mean office in the very loose sense.' Ah've jist goat a bit ay a fantasy ay foolin' aboot in a cleanin' cupboard in this place ah said. 'Kinky, I like it,' she goes, right manky look in 'er eyes. Tae cut a long story short she gits intae the cupboard, me followin' in ahint 'er n closin' the door efter takin' a wee glance up n doon the corridor tae make sure naebody wis comin'. Withoot another word oor lips are locked, tongues jostlin' like a couple ay eels. It wisnae a big cupboard either but ample fir a couple ay people tae mess aboot in. She shoves me up against the back wall, right sadist she wis, runnin' 'er hands through the hair oan the back ay ma heid as the tongue sword fight continued, the dirtyometer hittin' the tap ay the scale as she moved wan ay 'er hands doon right ontae ma package. Well, yi know me, don't need an invite tae reciprocate. Ma right hand is ontae 'er bare arse cheek in a flash, which wisnae hard considerin' that belt fir a skirt she had oan. Panties wir in play, but only jist; felt like they wir contructed fae dental floss. Next minute she's tuggin' oan ma belt, whippin' it aff faster than David Blaine could've managed. Zip doon, hand right ontae the auld meat n two veg. Noo, ah could've been bangin' 'er within seconds, but a plan's a plan. Ah wisnae packin' any Johnnys anyway, n ah wisnae stickin' it intae that dirty bare back. Ah pretended ah heard somebody ootside, lookin' anxiously at the door. 'Don't worry about it' she said, 'I'm sure they'll knock first'. These blondes never fail tae surprise me.

How often dae yi see a cleaner or janny knockin' oan a cupboard door afore goin' in? Exactly. Dumb as a plank ay wood. 'Let me jist knock this cleanin' cupboard door first afore ah go in, jist in case there's folk in there shaggin'.' 'Ah jist don't want tae git thrown ootay here,' ah said. That stopped 'er in 'er tracks, fanny probably dryin' up like a raisin, hand back oot my fly like she wis takin' it oot an alligator's open mooth. 'What do you mean thrown out of here? You talking about the cupboard or the stadium?' Baith, ah replied. 'How can they thrown an executive out of here?' she wis sayin', seemin' right confused. 'Ah don't work here,' ah said. Ah wish ah could've taken a photae ay the look oan 'er mug. Mastercard advert written aw over it; absolutely priceless. 'But you said…' she started tae say, but ah cut her aff. 'Ah said ah wis well connected here, that wis aw. Ah'm jist pals wi Billy Ferguson…yi know him?' ah goes, beginnin' tae smile. She wis startin' tae go a funny colour, like an orangey rid. 'Ah definitely don't work here. Shit, ah'm no workin' at aw right noo. Left the army aboot three months back. No many jobs goin' oot there at the moment.' That wis the straw that broke the camel's back. Orangey rid turned tae maroon, vein oan each temple pulsin' like a couple ay garter snakes. She yanks 'er skirt back doon which wis hilarious as there wis barely any tae pull up never mind doon, but she tried, mair in frustration ah think. 'I've got a good mind to report you,' she goes. 'Lying to get into a girl's pants.' 'Wait a minute doll,' ah tell 'er. 'Ah never lied aboot anythin'. Sounds like you heard whit yi wanted tae hear. You wir makin' mair than a few assumptions by the sounds ay things. You thought ah had plenty ay money, didn't yi? Oh my God, yi'd suck a tramp aff if yi found oot he'd jist won the lottery.' She drapped 'er heid fir a second like she wis blushin', but ah couldnae tell; she'd calmed doon fae the burgundy rage but she wis still at rid. 'If it's any consolation yir arse feels fuckin' magic,' ah said, wrigglin' the fingers ay ma right hand n runnin' them under ma nostrils, inhalin' like ah wis in a bakery n they'd jist pulled a tray ay freshly made rolls oot the oven. 'YOU'RE A DISGUSTING PIG,' she shouted at me n burst oot the door. That's the last ah saw ay her. Did she come back in here?"

"Briefly," ah said through glowin' teeth. "Yi are disgustin' by the way."

"Well I think you're terrific, Tam," said Isabel, buttin' in, squeezin' ma hand in the process.

The entire table wis still in fits. Ma maw wis shakin' 'er heid, Sandy Henderson's mooth wis hangin' open, n Wee Davie n Irn-Bru Stew wir baith sat back in their seats, hands over their mooths, tryin' tae suppress their laughter, unsuccessfully.

"Well ah think it's safe tae say that ex-girlfriend is definitely an ex-girlfriend forever. Definitely ridiculed enough in front ay everyone that she'll never bother yi again," said Big Tam, aw delighted wi himself. "Whit's everybody drinkin'? This round is oan me."

"The drinks are free ya daft nugget," ah replied.

"Ah know. Why dae yi think ah wis offerin'? Ah'll fetch them fae the bar though," he said, paradin' aff, the entire room followin' his path n smilin'. It wis clear everybody had been earwiggin'.

Ah looked up at Isabel perched oan ma lap. Oor gaze lingered, but it wis awkward nae longer. She lowered her heid towards me. Ah thought she wis comin' in fir a hug, but ah wis way aff. Her lips planted oan mine, softly at first, a couple ay wee nibbles, then she went full oot, gettin' tore right in. Ah didnae know whit tae dae; public place n aw that. That wis until the cheers went up, ma maw's bein' the loudest. That wis aw the encouragement ah needed. Ah wis in Heaven.

"Ah turn ma back fir two seconds n this is whit ah come back tae," said Big Tam, carryin' a tray mixed wi pints ay beer n champagne flutes.

"Whit can ah say?" ah replied, glancin' between him n an ecstatic Isabel.

"Ah git rid ay wan girlfriend fir yi n noo yir straight ontae another wan, ya wee tart," said the big fella, aw smiles.

"This wan's a keeper though, Big Man."

"So I'm your girlfriend then?" said Isabel, givin' me a bit ay a serious look.

Mibby ah'd overstepped the mark.

"Well, ah'd like yi tae be," ah replied.

Ah must've looked right worried.

"Calm down, Billy, I'd love to be your girlfriend. I'm in love with you you nutter. I've been in love with you pretty much since I met you."

Sayin' it wis music tae ma ears wid've been the biggest understatement in history. We kissed again, locked thegither, symbolizin' oor partnership. Thank fuck ah lost ma leg ah thought tae masel.

"Right," said Big Tam settin' the tray oan the table n grabbin' a pint fir himsel. "This calls fir a toast tae Billy n Isabel."

The others reached fir a new drink n began tae raise their glasses when the lounge door flew open again. Surely no ah thought, but it wisnae her, it wis big Walter Wallace in his club suit, grey hair wet n the shoulders ay his dark blue jaicket lookin' a wee bit darker than the rest ay his clathes.

Silence.

Even Big Tam wis shittin' his pants.

"Hi boss," ah managed tae squirt oot.

"Right, whit's happenin' in this place?"

Even mair silence. Ah widnae've been surprised if a bit ay tumbleweed had darted oot the open door.

"Ah come up here tae congratulate yi again Billy n mibby have a wee pint or two. Ah meet a lassie comin' doon the stairs, good lookin' young thing, another two trailin' ahint her. Ah smile n ask her how she wis daen. She says, 'I suppose you work here as well,' then threw a glass ay champagne over ma heid. Anybody care tae explain whit's goin' oan?"

Everybody in the room shrugged their shoulders, even me.

It wis ubelievable, Charlotte really did know fuck all aboot fitba. Good riddance tae bad rubbish.